Contos Eróticos Para Mulheres Adultas

VERA CARVALHO ASSUMPÇÃO
MADDU NASCIMENTO
SANDRA FRANZOSO
THAZ DESENHISTA
ALBA SAND-ROSE
YUEH FERNANDES
DEBORA GIMENES
GISELE PEREIRA
FABI ZAMBELLI
DILL FERREIRA
CHRIS SEVLA

Contos
Eróticos
Para
Mulheres
Adultas

COLEÇÃO ESSAS ESCRITORAS

FOLLOW

edição e preparação de texto: Chris Sevla

diagramação, capa e projeto gráfico: JMC

Sevla, Chris (org.). Vários autores.

Contos eróticos para mulheres adultas / Chris Sevla (org.). – São Paulo: Follow, 2020.
188p.

1. Literatura brasileira - Contos I. Sevla, Chris.

Ajusto-me a mim, não ao mundo.

Anaïs Nin

Sumário

Prefácio

Ao se permitir exteriorizar seus anseios mais secretos, a mulher tornou-se mais plena e feliz no que tange seu corpo e sua sexualidade, o que a libertou de tabus e para sua feminilidade plena.

Esta coletânea vem para reforçar a necessidade de a mulher manter essa conexão com o seu universo físico e íntimo, e para dizer que somos parte de tudo isso: sentimos, desejamos e podemos viver cada etapa de nossas vidas como um belo orgasmo, usufruindo o prazer pela vida, pelos bons encontros, sejam eles de vida ou de pele.

As histórias mostram personagens distintos, que se permitem experimentar além dos padrões aos quais foram impostos. São corajosos, livres, sensíveis e obstinados em fazer de suas buscas uma realidade. Constroem seus próprios castelos, mas nem por isso desejam um príncipe ou um salvador. Farão isso por si mesmos, não sem antes deixar suas marcas de inteireza e autonomia. Aliás, os dragões que se cuidem, pois até eles ficarão apaixonados por essas "princesas".

Contudo não pense que se trata de protagonistas fora da realidade a qual vivemos. Não, mesmo! São como eu, como você, pessoas que desejam a descoberta, a vivência, as diversas possibilidades. Mas se você é uma daquelas mulheres cheia de pudores e crenças vazias que foram lhes outorgadas para impedi-la de voar, já deixo um sobreaviso: por favor, abandone essas lentes inúteis do preconceito! Somente assim você poderá se deliciar com toda a liberdade e sensualidade que essa obra tem para te oferecer.

Se em uma história ou outra você sentir algo aí se acendendo, não se sinta culpada ou deseje "cortar seus pulsos" por achar que sua mente é suja ou que será julgada por isso. Pelo contrário, fique contente e se permita. Deixe as convenções além da porta da rua. No seu universo íntimo e sexual seja apenas você: absoluta, bela e realizada.

Essa obra é para você, mulher. Delicie-se!

Dill Ferreira

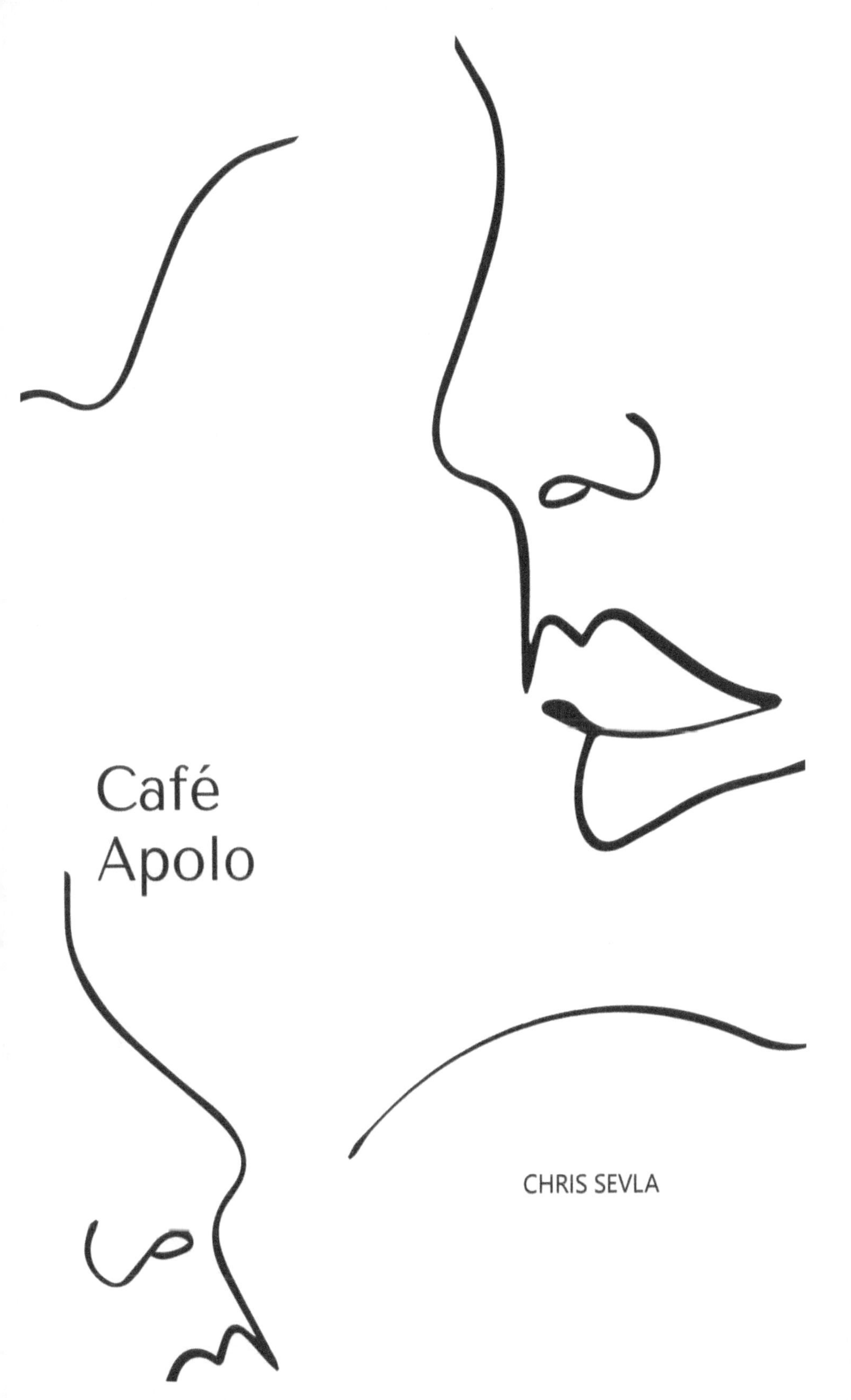

Café
Apolo

CHRIS SEVLA

1º

andar: roupas sujas e vibradores em forma de cacto;

2º andar: pênis pequenos e masturbadores-granada;

3º andar: doenças falsas, exames médicos certificados e shorts com camisinha embutida;

4º andar: gases intestinais e porquinhas da alegria;

5º andar: os olhos dos outros e queixo-pênis;

6º andar: fotos e desenhos de genitais, masturbação animada e boca sensual com bigode;

7º andar: freezers e pênis de orca;

8º andar: troncos de árvores, auto-chupadores e bonecas alienígenas infláveis;

9º andar: fraldas, babadores, chupetas e plug anal do saci-pererê;

10º andar: "procuram-se orifícios corporais alheios para serem soprados com força";

11º andar: café, lexotan e saída de emergência.

Chris Sevla é escritora
e roteirista. Fez parte
da antologia Território
V (Terracota), ilustrou
A História da Arte Pirata
(AND Publishing, Londres)
e lançou a poesia visual
#AMOR (Follow), que
pode ser lida de cinco
formas diferentes. Sua
obra mais recente,
Como Não Me Apaixonar
Por Você (Skull), foi um
dos lançamentos mais
aguardados de sua
carreira. Cidadã do
mundo, com vários
livros publicados e
textos em revistas
literárias conceituadas,
ela agora negocia a
adaptação cinematográfica
de suas obras.

chrissevla.com

CHRIS SEVLA

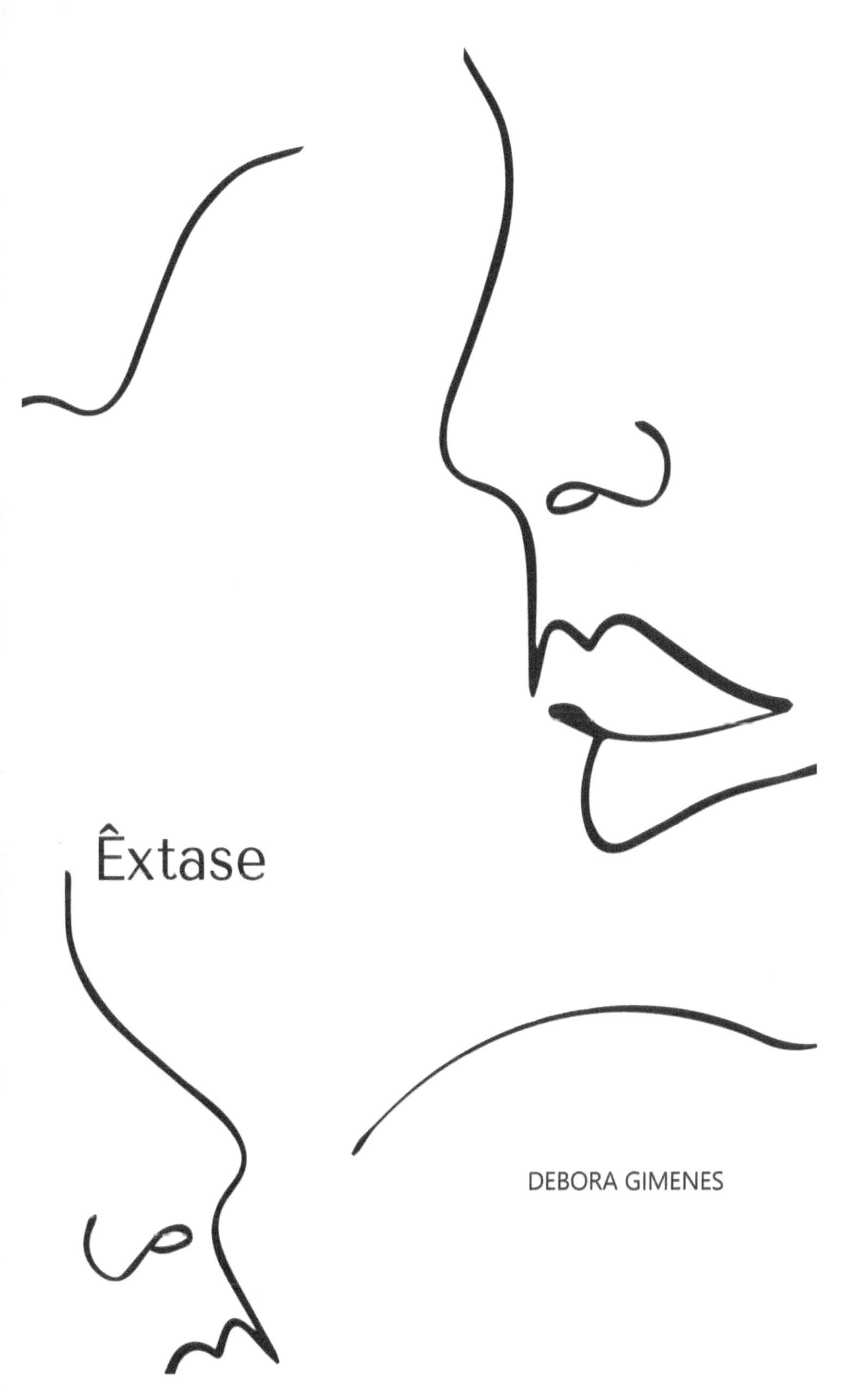

Êxtase
DEBORA GIMENES

De repente ele estava me beijando.

O chiclete que eu mascava se confundia com nossas línguas; mesmo assim, o gosto forte de cigarro protagonizava toda a ação, sufocando o macio da língua dele massageando toda a minha boca. Vez ou outra o aparelho dele raspava no meu lábio superior arranhando a pele fina.

As mãos que começaram tímidas nas minhas costas, agora afagavam os cabelos da minha nuca. Eu sentia asas de borboletas dentro do meu ventre; ao mesmo tempo, um leve enjoo começava a aparecer.

Minhas pernas estavam moles. Os bicos dos meus seios se endureceram e deixei que a sensação estranha tomasse conta do meu ser.

As mãos dele correram para meu quadril e, em seguida, para minhas coxas, levantando delicadamente minha saia. Minhas unhas arranhavam a pele nua debaixo de sua camiseta. Senti o pênis ereto sob a calça jeans e minha calcinha umedeceu. Com as pernas envolvi a cintura dele e fui erguida para cima com muita facilidade. Ele caminhou até o parapeito comigo, me encostou à mureta, e com uma das mãos arrancou minha calcinha. Eu abri o jeans dele e reparei que sua cueca branca estava molhada.

Ele se abaixou para beijar e sugar o líquido que se formava na minha vagina. Os arrepios pelo corpo aumentaram e me inclinei para trás. Nem percebi o voo de poucos segundos até meu corpo encontrar o chão.

Ainda estou em estado de graça; não sei se pelo prazer de momentos atrás ou por não sentir nada, apenas um cheiro de ferrugem à minha volta. Não estou morta, pois vejo as pessoas me olhando e ele desesperado na varanda do quinto andar, segurando ainda minha calcinha.

Debora Gimenes nasceu
em 1973, na capital de
São Paulo onde mora
até hoje. Associada
Aberst (Associação
Brasileira dos Escritores
de Romance de Terror,
Suspense e Policial),
organiza coletâneas e
colabora com o site
Literanima. Seus
trabalhos mais recentes
são Chamas da Morte,
Segredos e Destinos,
A Noiva da Rua André
Costa (todos pela DG)
e Mystério Retrô —
Os Detetives (organizada
por Tito Prates).

IG: @deboracsgimenes

DEBORA GIMENES

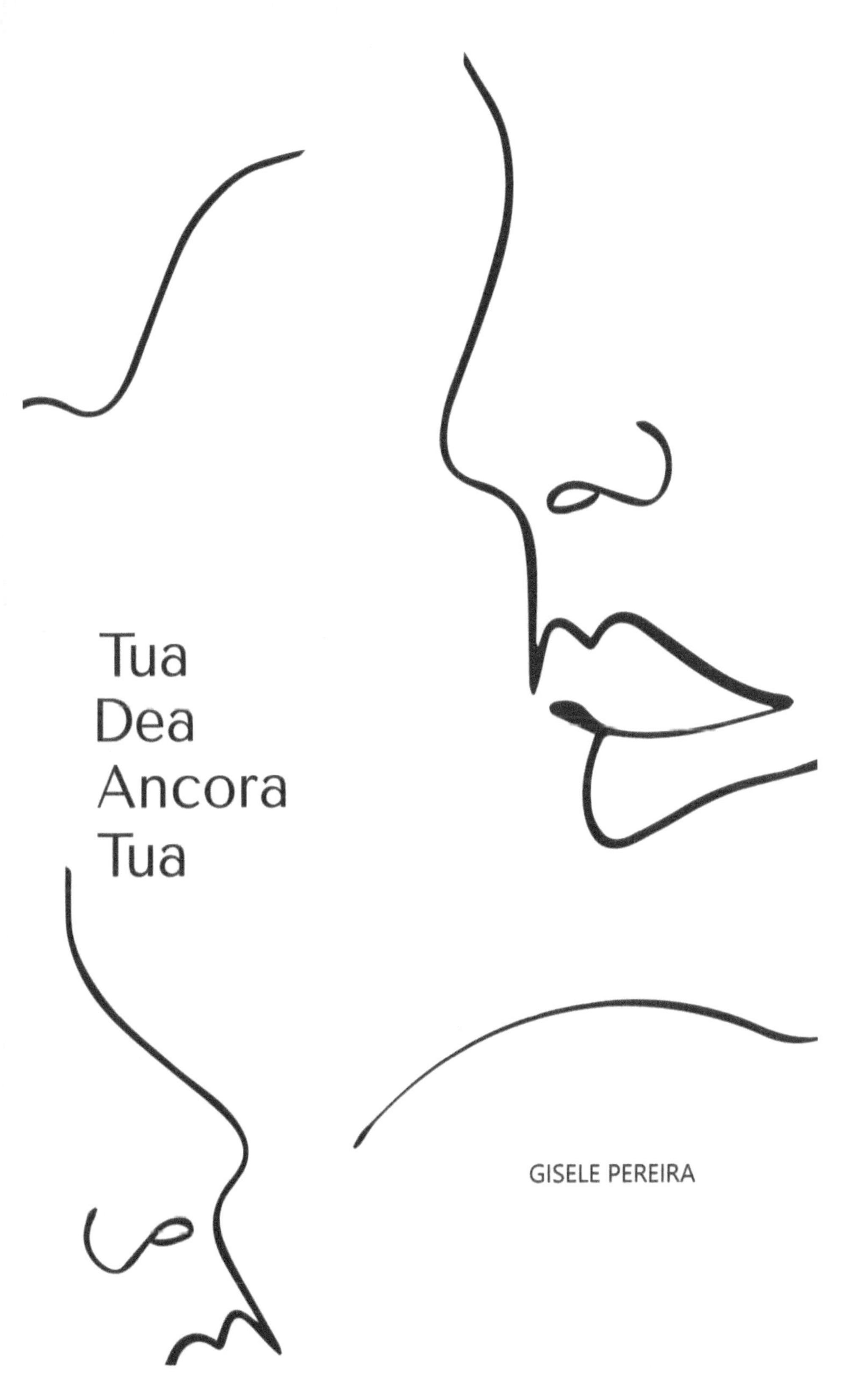

Tua
Dea
Ancora
Tua
GISELE PEREIRA

A vida é mesmo uma caixinha de surpresas. Dentre todos os lugares do mundo, justamente ali, eu tinha que reencontrar aquele homem. Céus, eu o odiava com todas as forças! Odiava a maneira como ele me olhava de forma instigante, odiava respirar o mesmo ar que ele.

Lorenzo e eu tínhamos namorado por dois anos, mas a coisa não fora muito bem. Vivíamos brigando porque ele nunca tinha tempo para nós. Estava sempre em eventos e reuniões, de modo que nós dois sempre ficávamos para segundo plano. Chegou uma fase em que isso se tornou cansativo e desgastante. Já não havia nenhum prazer quando estávamos juntos (exceto na cama; ali nunca faltou prazer). O sexo era só sexo, não existia nenhum amor mais envolto. Era como se ele me encontrasse para preencher tabela e me levasse para cama apenas para aliviar o estresse do dia e assim cumprir seu papel de macho alfa.

Então, depois de muitas discussões e dele me acusar de ser responsável por aquilo tudo que passávamos, resolvi meter um pé na bunda daquele desgraçado. Foi um ano incrível, sem ver ou ouvir falar daquele imbecil... até agora. Tudo isso para reencontrá-lo no meu local de trabalho. Obrigada, Destino!

— Esse é Lorenzo Barbieri — disse o meu chefe me apresentando a ele. Coitado; mal sabia que eu conhecia aquele demônio mais do que gostaria. — Quero que você separe uma sala para ele aqui na agência. Ele está cuidando de nos conseguir uma parceria com as filiais da Itália. A franquia lá é forte, você sabe, não é? Então ele é alguém muito importante para nós. Trate-o como ele merece.

Eu sorri amarelo e assenti com a cabeça, estendendo a mão para Lorenzo como a boa atriz que era.

— Será um prazer tê-lo conosco aqui, senhor Bluebari.

— Barbieri — me corrigiu ele, demonstrando sua irritação. Ponto pra mim. — É italiano, tudo bem que não reconheça; não esperava mesmo isso.

Filho da mãe.

— Bom, essa é Mirela, minha secretária. Ela irá auxiliá-lo no que precisar enquanto estiver aqui. Vou deixá-lo se instalar e se acomodar e depois espero você na sala de reuniões, em uma hora.

Lorenzo assentiu sorridente, e assim que meu chefe deu as costas, ele retirou sua máscara.

— Secretária? Foi o melhor que conseguiu? — disse com desdém. Porco.

— Vejo que você não mudou nada. Continua arrogante e prepotente.

—E lindo — acrescentou com aquele sorriso idiota nos lábios. Queria discordar, mas ele continuava mesmo lindo. Seus cabelos eram longos e ondulados, na altura dos ombros; os olhos azuis, feito duas piscinas naturais, porém traiçoeiras. O corpo parecia maior. Será que estava malhando? De repente me peguei pensando em como ele estaria debaixo daquele blazer que usava e isso fez com que algo se remexesse dentro de mim. Senti certa umidade desconfortante.

— Vou levar você até sua nova sala. — Apressei os passos sem me importar se ele me seguia ou não. Eu só precisava levá-lo até alguma sala ali e esquecer a sua existência.

Assim que cheguei à porta da sua sala me virei na ponta dos pés e vi que ele estava parado em frente ao elevador, secando um grupo de modelos que acabara de chegar. Eu deveria sentir raiva disso? Pigarreei para chamar sua atenção e ele me encarou com desdém. Ah, ele é insuportável!

As modelos, por pouco, não sentaram em seu colo. Que bando de mulher atirada!

— Perdão, senhor, mas eu não posso ficar esperando todo o tempo do mundo enquanto o senhor flerta; e outra coisa, vocês não deveriam estar no estúdio agora, trabalhando? — me dirigi às modelos com o sorriso mais sínico que consegui pôr no rosto. Elas saíram nada contentes comigo, e então eu sorri forçadamente para ele e voltei até à porta da sua nova sala.

— Ei, por que tem que ser tão chata? Eu estava no meio de um lance aqui — disse ele atrás de mim.

— Essa é sua nova sala: espero que aprecie e termine o quanto antes seu trabalho aqui para que possa ir embora logo. — Eu não precisava ser cordial longe do meu chefe.

Quando me virei percebi que ele estava olhando fixamente para mim.

— Qual é o problema? — perguntei levantando a sobrancelha.

— Você está mais... hum... gostosa.

E ali estava aquele sorriso sacana de novo. Fiquei totalmente desconcertada. O tom aveludado da sua voz ao proferir aquela palavra me lembrou de quantas vezes ele me disse isso em sussurros e gemidos na nossa cama; e de novo eu estava sentindo aquele desconforto no meu ventre. Que droga!

— Se precisar você pode me chamar, mas sinceramente, eu espero que não precise.

Me apressei em sair, mas antes que chegasse à porta ele me segurou pelo braço e eu senti meu corpo formigar exatamente onde ele me tocou. Me fiz de forte, mantendo a pose, mostrando que ele não me afetava em nada. Não o vi se aproximar até seus lábios se encostarem ao lóbulo da minha orelha. Pude sentir seu hálito quente enquanto falava.

— Vai ser um prazer imenso dividir esse espaço com você.

Desgraçado! Ele sabia como eu me excitava com esse toque, e foi suficiente para que eu saísse de sua sala furiosa, andando como se estivesse prendendo o xixi, quando na verdade tentava conter a queimação escorregadia que saía do meio das minhas pernas.

Ele ainda me causava uma tempestade impetuosa de sentimentos.

E ali começou meu desastre.

CAPÍTULO UM

Foi em um verão quente que conheci Lorenzo. Eu estava de férias, desfrutando do calor e esplendor de Niterói... E obviamente eu me encantei assim que bati o olho nele.

Ah, nós ficamos em uma troca de olhares que nos levou a uma conversa descontraída, quando ele me contou que estava voltando para o Brasil depois de passar sete anos vivendo na Itália, onde se formara e iniciara sua carreira de sucesso. Eu só conseguia me encantar mais e mais por ele a cada palavra citada. Era charmosa e galanteadora a forma como ele citava palavras em italiano no meio das frases, e eu deveria saber que isso era sua tática de conquista.

Só precisaram duas semanas para que eu me visse totalmente aos seus pés. Depois de troca de conversas em redes sociais, marcamos um encontro que não terminou em outra: do restaurante onde jantamos eu fui direto para seu apartamento, onde me entreguei, sem pensar, totalmente a ele. Normalmente eu não fazia isso, mas Lorenzo me passava a segurança necessária para que eu tomasse coragem para agir assim.

Um mês depois estávamos namorando.

Nós nos víamos todas as noites. Eu ia direto do trabalho para seu apartamento; às vezes ele ia para o meu. Em um fim de semana fomos a uma casa de campo e foi o melhor final de semana da minha vida. Bebemos vinho na varanda, totalmente nus, depois de termos feito amor. Eu o fiz experimentar o famoso pastel Romeo e Julieta, recheado de goiabada e queijo, e ele se derreteu completamente com a junção. Eu ri da forma como ele comia aquela iguaria, feito criança; parecia estar provando um pedaço do céu. Nada comparado ao que veio depois, quando ele me levou em seu colo para o quarto, e me fez alcançar o paraíso. Foi um final de semana perfeito: apenas nós dois, sem celulares e sem ninguém para nos incomodar.

Dez meses depois estávamos praticamente morando juntos. Eu já nem ia mais para casa, mas nós começamos a nos ver com menos frequência. Apesar de dividirmos o mesmo teto, parecia que Lorenzo não morava mais ali. Ele foi promovido e suas responsabilidades aumentaram. Algumas vezes viajava para fora do país. Outras vezes chegava tarde demais e acordava muito cedo, de modo que eu não o via chegar ou sair; só encontrava um de seus bilhetes onde se desculpava de novo. Isso foi se arrastando e eu fui aguentando porque era o que ele mais amava e eu não queria que parecesse que eu não o apoiava; mas comecei a ficar em segundo plano, a ponto dele me dar o bolo no jantar de aniversário de namoro porque houve um imprevisto no trabalho que ele não podia deixar passar. No dia seguinte, eu descobri que Lorenzo havia saído para beber com o chefe, porque ele o convidara, e como estava de olho no cargo na Itália, foi sem pensar duas vezes, apenas para puxar o saco do cara. E eu fiquei a noite inteira esperando por ele em um restaurante, vestida para matar e me embriagando de champanhe.

Para ele eu estava errada e não o compreendia, e foi ali que tudo acabou. Não dava para continuar uma relação a dois se eu parecia sozinha nessa.

CAPÍTULO DOIS

— Você vai ser a encarregada de auxiliar o senhor Lorenzo enquanto eu estiver fora. Quero que o ajude em tudo que puder. Devo voltar amanhã mesmo, à tarde, mas eu preciso ter certeza de que você cuidará de tudo na minha ausência. — O que o meu chefe tinha na cabeça para pensar que eu iria aceitar ficar com aquele troglodita? Havia inúmeras mulheres que ele poderia deixar ocupadas disso; por que eu? Justamente eu?

— Acredito que eu não seja a pessoa mais qualificada para a função e...

— Não me questione! Eu só confio em você e acredito que fará um bom trabalho. Anote meus recados e, qualquer coisa, pode entrar em contato com a minha esposa; ela estará comigo. Mas contarei que você não precisará.

Ele me encarou com aquele olhar de quem estava dando o recado de que não queria ser incomodado, então apenas assenti em concordância. Havia lutado muito por aquele emprego e tinha a confiança dele; não iria pô-lo em risco por causa de um idiota como Lorenzo Barbieri. Mas como eu ia conseguir trabalhar ao lado dele?

Assim que meu chefe saiu tratei de resolver todas as minhas pendências. Me concentrei em deixar tudo organizado para estar pronta para qualquer eventual mudança. E foi aí que o inferno começou.

Vi as mãos apoiadas em minha mesa, acompanhada com a sonoridade de assobios que invadia meus ouvidos, e ali estava ele, à minha frente. Levantei os olhos da tela do computador para a muralha de homem com aquele sorriso debochado no rosto, incrivelmente sexy.

— Te enviei uns documentos por e-mail. Preciso que

imprima e me entregue o quanto antes — disse ele sorrindo. Eu odiava como ele sorria, assim, sem ter razão nenhuma para isso.

— Certo. Farei isso assim que eu terminar aqui, senhor — respondi prontamente com toda a frieza que nem mesmo a Elsa seria capaz de superar no *Frozen*.

— Eu preciso para agora, Mirela — ele exigiu.

Respirei fundo e sorri sem diversão, esfregando dois dedos sob a testa, tentando acalmar a veia que ameaçava saltar de tanta raiva.

— Terá que esperar mais alguns minutos. Assim que possível eu lhe entregarei na sua sala. Agora, se não se importa, eu preciso mesmo trabalhar.

Voltei o olhar para a tela do computador, ignorando que ele continuasse ali, parado à minha frente. Só depois de dois minutos ele foi embora, pisando firme, para sua sala.

Idiota! Ele achava mesmo que iria chegar aqui e bancar o maioral e eu seria submissa? Uma merda que eu iria.

Assim que terminei tudo, abri o e-mail e mandei para impressão os documentos que aquele idiota havia me enviado. Fui até a copiadora e peguei os papéis. Caminhei lentamente até a sala dele e bati, assim que cheguei. Sua voz firme me falou para entrar e assim que o avistei, vi um Lorenzo não muito diferente do que o que eu estava familiarizada, centrado e concentrado demais no seu trabalho para se dar conta de que eu estava ali.

— Deixe os papéis sobre a mesa. E obrigado — disse

rapidamente sem olhar na minha cara.

— Parece que nada mudou — falei enquanto deixava os papéis ao seu lado, na mesa.

—O que disse? — Finalmente ele levantou o olhar para mim, com a testa franzida e uma expressão de confusão. Seus fios estavam desgrenhados, presos num rabo de cavalo. Eu amava o quão mais másculo ele parecia com algo tão peculiarmente feminino.

—Eu disse que ao que parece, nada mudou. Você continua o mesmo cara tão centrado no trabalho que nem ao menos levantou o olhar para mim; a não ser agora.

Levantei a postura, olhando-o de forma desafiadora, vendo raiva no seu semblante, que depois mudou para frustração e... Tristeza?

—Está enganada, *mia dea.* — Prendi o fôlego ao ouvir ele me chamar assim, "minha deusa". Meu corpo ainda se arrepiava ao ouvir aquele apelido íntimo sendo proferido em seus lábios. — Eu mudei. Talvez eu ainda seja o mesmo homem solitário jogado em trabalho, mas faço isso para esquecer que joguei fora a maior riqueza que conquistei na vida... Eu me entrego totalmente ao trabalho para esquecer que deixei você ir embora; que a perdi por culpa do meu egoísmo e deixei de ver a mulher incrível que tinha ao meu lado.

Estremeci porque suas palavras eram sinceras e ele estava perto demais de mim agora; tão perto que eu conseguia sentir o cheiro da sua colônia preferida. Ele ainda usava a mesma que ficava impregnada nos nossos lençóis e em meu corpo.

Levantei o queixo firmemente e me atrevi a responder:

— Você diz que se joga de cabeça nisso para esquecer o que fez conosco; mas e antes? Qual era a sua desculpa?

Saí pisando firme, sem esperar sua resposta ou olhar para trás. Na verdade eu não queria mais nada que viesse dele, mesmo que meu corpo dissesse o contrário.

Me concentrei em terminar meu trabalho acumulado, sem me dar conta de que a hora havia passado tão rápido. Parecia não ter mais ninguém ali além de mim, e eu estava exausta; precisava ir para casa, tomar um bom banho, comer pizza e me jogar no sofá vendo séries.

Fui até a máquina de café e peguei um espresso antes de me dirigir ao elevador. Para minha surpresa, quando as portas se abriram, lá estava Lorenzo com o paletó sob um dos ombros, a expressão de cansaço e os fios desgrenhados.

— Vai descer *mia dea*? — Eu já disse como eu odeio quando ele me chama assim? Porque isso me remete à intimidade que já tivemos, a algo mágico e especial que ele conseguiu estragar; e mesmo assim, estava ali, me causando as mesmas sensações de sempre ao ouvi-lo pronunciar aquele apelido de uma maneira tão naturalmente sexy.

— Certamente, mas não para o mesmo lugar que você. O inferno já está muito povoado — respondi entrando no elevador, esperando a porta fechar, apertando os botões e fingindo que ele não estava ali no mesmo lugar que eu, mesmo sentindo seu cheiro, mesmo ouvindo a sua risada irritante depois do meu comentário.

Em algum momento senti as mãos de Lorenzo me segurando firme depois de um solavanco do elevador. As luzes piscaram e quando voltou, a iluminação estava opaca. Apertei os botões rapidamente, já sabendo o que aquilo significava. O elevador tinha parado e agora eu estava ali, presa em um cubículo; presa com Lorenzo.

— Merda — bradei completamente irritada.

— Calma; alguém vai aparecer, não vai? —ele perguntou meio em dúvida.

— A última vez que isso aconteceu, levaram duas horas para consertar; e considerando que não tem mais ninguém além de nós nesse prédio, eu aposto que vamos ficar muito tempo aqui.

Peguei o celular no bolso: estava descarregado.

— Me empresta seu celular?

Lorenzo me encarou, meio sem graça.

— Bom, eu esqueci meu celular em casa.

— Você só pode tá de brincadeira comigo!

Enquanto eu andava de um lado para o outro, pensando no que fazer, Lorenzo sentou no chão do elevador e retirou a camisa que vestia.

— O quê está fazendo? — perguntei mais irritada do que gostaria.

— Está calor e estamos presos aqui. Ficar dando voltas não vai adiantar. Sugiro que se acalme e espere; não resta mais nada a fazer.

Cruzei os braços, irritada por não querer admitir que ele estava certo, mas, sobretudo por saber que ficaria horas ali, presa ao lado dele, a última pessoa do mundo com quem eu gostaria de dividir um espaço mínimo confinada assim. E não ajudava em nada seus bíceps expostos ali, me trazendo lembranças à mente e me fazendo reprimir as sensações que se formavam abaixo do abdômen.

Maldito destino.

CAPÍTULO TRÊS

— Você poderia parar de ficar dando voltas de um lado pro outro? Está me incomodando um pouco e logo mais vai fazer um buraco no chão com esse seu salto. — Incrível como ele gostava de me irritar.

— Sinto muito, mas eu não consigo ficar tão tranquila presa aqui com você. E estou morrendo de fome!

— Acho que eles não entregam pizza aqui! — zombou ele. Argh; era a hora errada para isso.

Para minha surpresa, Lorenzo retirou uma barra de chocolate

da pasta que carregava e me ofereceu. Quis recusar e fechar a cara, mas eu estava com tanta fome que o estômago já começava a doer. Então peguei a barra e sentei, a muitos centímetros de distância dele, no chão do elevador, o que parecia ser a única coisa fria ali.

— Obrigada!

— Eu gostaria de dizer que sinto muito...

— O quê? — perguntei um tanto confusa. O chocolate nem estava ruim.

— Pelo babaca que eu fui com você quando estávamos juntos. Não sabe o quanto eu me arrependo e como eu gostaria de voltar atrás e te tratar como você merece...

— Não é o momento para falarmos disso Lorenzo; inclusive, acho que não deveríamos. Já passou. — Me incomodava voltar nisso.

— Mas eu nunca tive a oportunidade de te dizer tudo! Estava focado no trabalho e totalmente cego pela minha ganância. Nós vivíamos bem e posso dizer que eu já tinha tudo que eu sempre quis, mas estava sempre ansiando por mais.

— Isso não é errado. Você pode ter ambições e querer crescer; o que não pode é se esquecer do que já tem... — Havia mais amargura em minha voz do que eu gostaria naquele momento.

— Perdão, *mia dea*... Eu fui um idiota com você e não sabe como eu me arrependo por não ter reconhecido a mulher incrível que eu tinha. Eu sinto falta de tudo; de como você se arrumava toda para me esperar chegar; do jeito como seu cabelo amanhecia, armado e rebelde. — Ele riu ao se lembrar disso e eu revirei os olhos. — Por um tempo eu pensei que tudo fosse carência. Eu me sentia vazio ao chegar em casa e não te encontrar ali, mas na verdade eu não consegui me relacionar com mais ninguém; e não creio que eu possa... Eu não consegui te esquecer.

Lorenzo tinha uma maneira peculiar de me ganhar, e mesmo depois desse tempo inteiro, isso não tinha mudado.

Sua mão agarrou a minha e foi o suficiente para que inúmeras ondas elétricas passassem pelo meu corpo como se ele fosse um condutor de energia. Eu nunca pensei que depois desse tempo ainda fosse sentir isso quando a sua mão agarrasse a minha.

Minha mente queria relutar, mas meu corpo não me obedecia, sobretudo por aquele par de olhos azuis inflamados, cheios de desejo, estar me encarando.

Deixei meus instintos me guiarem e fui levada pelo desejo. Deixei Lorenzo roçar os lábios pelo lóbulo da minha orelha e aquilo fez o anseio dentro de mim se multiplicar: em questão de segundos eu estava sobre seu colo, beijando-o abruptamente, cheia de angustia, desejo e saudade... Não reconhecia a mim mesma naquele momento. Minha mente queria fugir dele e meu coração pedia para me lançar em cima dele sem pensar em mais nada.

Seus dedos corriam desenfreados, arrancando cada peça que eu vestia, e meu corpo inflamava quando a ponta deles encostava à minha pele. Lorenzo depositava beijos sobre a pele do meu pescoço e me fazia arquear, como tamanha era a angústia que me fazia sentir em meu ventre.

— *Mia dea...* — ele sussurrou em meu ouvido e me fez enlouquecer. Seu hálito quente sobre minha pele, o entreabrir dos seus lábios ao pronunciar aquela palavra tão íntima, singular e nossa.

Tão rápido feito um piscar de olhos, Lorenzo estava sobre mim, percorrendo meu corpo inteiro com beijos, lentamente, como eu amava, da maneira como ele sempre me torturou. Senti seus lábios úmidos e macios sobre meu seio esquerdo, brincando com ele como se fosse um doce que ele não tinha pressa alguma para comer. As carícias ali se prolongavam, me fazendo arquear o corpo de encontro ao dele.

Seus beijos desciam de meus seios para meu ventre, me provocando ansiedade, pois sabia aonde ele chegaria; e quando ele finalmente chegou lá, gritei e tive que morder o lábio para controlar o instinto. Lorenzo me encarava orgulhoso pelo prazer que me proporcionava naquele momento, e eu abafava os gemidos ao sentir meu corpo explodir por dentro, conforme sua língua explorava toda a minha intimidade. Eu estava totalmente entregue a ele, era totalmente sua. Fechei os olhos e deixei meu corpo aproveitar cada uma daquelas sensações. Antes que Lorenzo se desse conta, eu me ergui e o fiz se deitar. Sua respiração estava ofegante, seu peito subia e descia rapidamente. Coloquei uma perna de cada lado do seu tronco e me encaixei ali, nele, fazendo-o soltar um gemido rouco que me excitou ainda mais.

Meus dedos brincavam com os fios dos pelos em seu peito; as mãos deles apalpavam meus seios enquanto eu fazia movimentos lentos sobre ele, provocando-o. Eu era a dominante agora e me sentia orgulhosa de ver o quanto Lorenzo estava rendido a mim, sobretudo por senti-lo pulsando dentro de mim, por sentir o quanto ele me desejava.

Acelerei os movimentos em cima dele, fazendo-o gemer ainda mais. Senti que nós dois estávamos perto demais do pico do prazer; senti que nossos corpos estavam ligados outra vez e era como se nunca tivéssemos sido separados. Quando percebi que finalmente iria alcançar as estrelas, a voz de Lorenzo me despertou totalmente.

— Mirela? Mirela? Está tudo bem? — Ele estava sentado, vestido, apenas sem camisa e a uma boa distância de mim.

— O quê? O que foi?

— Você apagou totalmente! Estava fazendo uns sons... bem, muito específicos e fiquei preocupado... Diga: com quem estava sonhando? — Tinha um sorriso desafiador nos lábios e isso me fez entender que eu tinha falado demais. Que merda; eu tinha sonhado?

Não sabia como eu me sentia naquele momento: feliz porque não tinha ocorrido, frustrada porque tudo fora só um sonho, ou envergonhada porque, como sempre, eu deveria ter falado dormindo e Lorenzo tinha ouvido tudo.

Argh! Minha vida estava se tornando um inferno!

Gisele Pereira é
uma nordestina
de 23 anos, que
mora atualmente
no Rio de Janeiro.
Amante de livros,
encontrou na escrita
um escape do mundo,
uma forma de
traduzir sua alma em
entrelinhas e, assim,
ajudar outros que,
através de um livro,
conseguem
desvendar mundos
sem sair do lugar.
Inquebrável - Marcas
do Passado (Skull),
é seu livro de estreia.

IG: @giselepereira_escritora

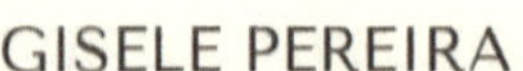

GISELE PEREIRA

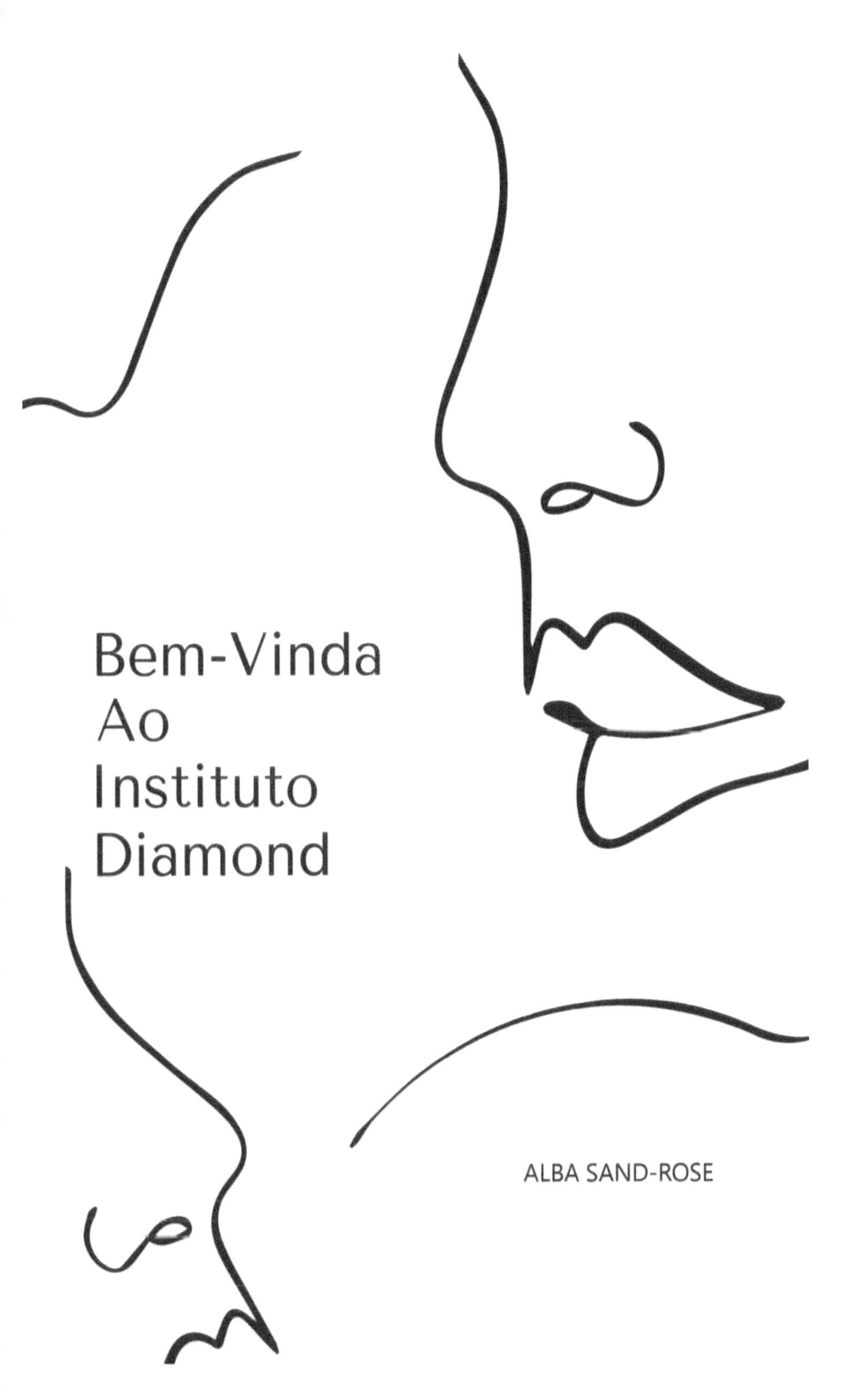

Bem-Vinda
Ao
Instituto
Diamond

ALBA SAND-ROSE

A limusine parou em frente aos grandes portões de ferro escuro. A porta se abriu, revelando um lustroso sapatinho estilo boneca.

A garota, que saiu do carro olhando tudo ao seu redor com curiosidade, tinha longos cabelos louros, ondulados com cachinhos nas pontas, a pele clara como a neve e aveludada como um pêssego, e lábios rosados em forma de coração, que se transformaram em um sorriso angelical quando viu a grandiosidade dos prédios que esperavam por sua presença. Bem na entrada havia uma placa de boas-vindas aos alunos.

Pelos próximos quatro anos, ali seria a sua casa. Ela já vestia o uniforme de seu novo colégio, uma camisa branca com a gola e os punhos em vermelho, meias 7/8 pretas e uma saia pregueada vermelha com um suave xadrez em preto e amarelo, um palmo acima dos joelhos. Mesmo tendo apenas 15 anos, o símbolo da escola se exaltava sobre seus seios volumosos. Sentiu um perfume inebriante que vinha das árvores e se perguntou que tipo de flores havia por ali.

Ela segurou a alça de sua bolsa com firmeza e deu o primeiro passo para dentro da escola sem perceber que uma sombra a observava do outro lado do grande ornamento de pedra, ao lado do portão.

As leves batidas na porta despertaram os devaneios da bela mulher de cabelos castanhos, puxados para trás em um coque levemente frouxo, com uma ou outra mecha que teimava em cair-lhe ao lado da face. Ela usava um *tailleur* justo que acentuava suas curvas.

— Entre, por favor — ela disse. Em seguida a garota nova abriu a porta e entrou. A mulher sorriu. — Ah, olá. Você deve ser a Missy. Eu sou a Senhorita Harmony, a diretora desta escola. Por favor, sente-se.

Missy sentou-se em uma das cadeiras em frente à grande mesa de carvalho da diretora.

— Sim, vou começar hoje. — Ela sorriu docemente.

— Que ótimo, querida. E o que está achando da escola até agora? Viu algo interessante quando chegou? — A diretora se inclinou para frente, evidenciando ainda mais o seu decote. Aquilo chamou a atenção de Missy por alguns segundos, até que três batidinhas na porta fizeram-na despertar. — Oh, deve ser a Wendy. Entre, por favor.

A porta se abriu lentamente e uma garota que usava o mesmo uniforme de Missy entrou.

Missy sentiu novamente aquele perfume inebriante que, dessa vez, deixou-a sem ar. Sentiu um calor estranho percorrer seu corpo, arrepiando seus braços. Por um segundo sentiu seus mamilos endurecendo. Segurando fortemente a barra da saia, voltou-se para a porta para ver quem havia feito aquilo com ela.

A garota tinha a pele extremamente branca, cabelos negros e lisos que emolduravam o seu rosto e olhos azuis penetrantes em uma expressão séria.

— Mandou me chamar, Senhorita Harmony? — ela perguntou com sua voz melodiosa. Aquilo fez Missy corar.

— Sim, Wendy. Pode entrar. Missy, essa é Wendy. Ela vai cuidar de você aqui na escola. Pedi a ela que lhe mostrasse todo o *campus*.

Wendy estava parada ao lado de Missy e lançou-lhe um olhar enigmático. Pela posição em que estava, Missy podia ver a sombra das rendas escuras do sutiã de Wendy

— Vamos? — ela perguntou e Missy não conseguiu responder. Apenas balançou a cabeça, colocou sua bolsa sobre os ombros e seguiu aquela garota. Na porta, virou-se para a diretora, agradecendo-a novamente, e saiu.

Por toda a tarde Wendy acompanhou Missy pela escola, mostrando parte do *campus*, evitando um portão que dividia os prédios, como se fosse um espelho.

— O que tem para lá? — ela apontou para além das grades. Wendy olhou.

— A ala masculina. Essa escola prefere que tenhamos o mínimo de contato possível com o sexo oposto... Como se isso adiantasse alguma coisa... — ela murmurou a última frase, voltando-se para entrar no banheiro. Missy não compreendeu de pronto, mas a seguiu.

Caminhar por toda a tarde as estava deixando com calor. Wendy decidiu lavar o rosto. Quando Missy entrou no banheiro, Wendy já havia aberto os três primeiros botões da camisa, deixando seu colo à mostra, e jogava água no rosto. A água escorria pelo pescoço de Wendy, dançando por seu peito, molhando sua camisa e deixando-a transparente. Tudo parecia estar em câmera lenta e, novamente, Missy sentiu aquele calor percorrer seu corpo, principalmente em suas pernas. Respirou fundo uma vez para tentar se acalmar, mas sentiu o perfume de Wendy e sua boca salivou. Viu a sua guia puxar uma toalha, umedecer levemente na pia e passar lentamente pelo rosto, pescoço, seios e, abrindo os últimos botões, sua barriga e suas coxas.

Precisou sair do banheiro, pois não estava entendendo o que havia acontecido com ela. O ar gelado em contato com a sua pele fez o seu cérebro funcionar novamente, mas logo em seguida a porta do banheiro se abriu e Wendy apareceu atrás dela, preocupada.

— Missy, o que foi? Você está bem? — Ela não havia fechado a camisa. Estava aberta, com as gotículas de água sobre sua pele de marfim. Missy não soube o que pensar, apenas correu até ela e, sem aviso, abraçou-a com força. — Hey! O que é isso?

— V-você... Você não fechou sua blusa. Algum... menino pode ver... — Ela parou de falar. Concentrou-se apenas no toque da pele de Wendy, suave. Os seios da garota se apertando contra os seus, o cheiro que exalava de seus cabelos negros. O cheiro de dama-da-noite, ela conseguiu identificar. Muito propício.

Seu cérebro mandou suas mãos tocarem as costas nuas da garota, mas Wendy se afastou delicadamente antes que isso pudesse acontecer.

— Calma. Eu falei que os prédios são separados. Não há meninos aqui — ela disse tranquilamente. Em seguida, levando a mão delicadamente ao rosto de Missy, acariciando seus lábios com o polegar, disse em um sussurro provocante. — Não há *ninguém* aqui.

Missy sentiu uma onda de choque percorrer seu corpo com o toque das mãos de Wendy. Sua guia deslizou a outra mão pela cintura da novata, subindo até a gola da camisa, desabotoando-a lentamente, enquanto roçava seus lábios pela pele de pêssego da garota. Tocou o lóbulo da orelha, sentindo seu cheiro de flores silvestres, desceu pelo pescoço. Beijando-lhe o colo com delicadeza, abriu o último botão, afastando as abas da camisa e revelando um sutiã de renda branca que deixou Wendy ainda mais excitada.

Inebriada com o toque da guia, Missy arfou quando ela tocou seus seios com os lábios. Sentiu a língua de Wendy tocar seus mamilos por debaixo da renda. Obrigando seu cérebro a funcionar, conseguiu fazer seus braços se mexerem. Acariciou os cabelos da garota com uma mão, enquanto terminava de puxar a camisa dela com a outra. Aquele calor tomou conta de seu corpo novamente, mas agora com mais intensidade. Estava excitada e queria ser tocada.

Queria ser tocada por *Wendy*!

Wendy sentiu sua calcinha umedecer assim que os mamilos de Missy se enrijeceram em sua boca. Sua pele era deliciosamente doce. Precisava *provar* o seu gosto. Subiu seus beijos enquanto Missy acariciava seus seios. Enfim beijou seus lábios com fervor e puxou-a de volta para o banheiro.

Missy a colocou contra a parede e foi a sua vez de beijar o corpo da garota. Desceu a língua por seu colo e seus seios enquanto suas mãos foram explorar as coxas de Wendy. Acariciava sua pele lisa e com os dedos brincava em sua virilha bem-aparada. A guia já não aguentava de tesão. Queria os dedos de Missy *dentro* dela de uma vez por todas. Missy queria a mesma coisa, pois puxou a outra e, com cuidado, ambas foram para o chão, ainda enlaçadas pelos beijos.

Missy abriu o fecho do sutiã de Wendy revelando mamilos firmes e rosados. Começou a lambê-los e chupá-los enquanto passeava seus dedos delicadamente pela virilha da garota, que tinha leves espasmos de prazer. Logo Missy começou a passear sua língua pela barriga de Wendy e com as duas mãos tirou lentamente a calcinha da garota. Beijou suas coxas, subindo as pregas de sua saia e passando a língua por sua virilha, deixando sua guia louca de excitação, apenas querendo mais. E ainda dava leves mordiscadas por sua pele, arrepiando-a por inteiro.

Aquele cheiro que ela exalava deixava Missy excitada. Sem aguentar, mergulhou sua língua entre as pernas de Wendy, sentindo seu gosto doce, fazendo-a gemer tão alto, que a excitou ainda mais.

Ela lambia, beijava, chupava com intensidade ao mesmo tempo em que sua mão brincava entre as próprias pernas. Ergueu seus dedos encharcados de seu próprio fluido e levou até os lábios de Wendy, que agarrou com as duas mãos e chupou de forma lasciva, entre espasmos e gemidos.

Missy viu o estado da guia e resolveu brincar com seus dedos ali enquanto a chupava. Wendy quase enlouqueceu de tesão.

"Isso!", era o que conseguia falar quando o ar não lhe faltava, "Mais!", "Não para!" e "Mais rápido!" se intercalavam entre um gemido e um espasmo. Sua mão direita segurava seu próprio seio, apertando seu mamilo enquanto sua mão esquerda segurava os cabelos de Missy.

"Eu... estou... quase!", foram as palavras que fizeram Missy se molhar ainda mais. Enfiou dois dedos em Wendy e ela gritou. Sua mão se movia freneticamente para frente e para trás e sua língua dançava rapidamente. Wendy gemia e se contorcia, segurando os cabelos de Missy com força. Ela segurava a respiração para não perder o seu clímax. Missy agarrou a cintura de Wendy, arranhando a lateral de seu corpo, quando seus dedos sumiam e reapareciam, rapidamente.

Com um último grito, Wendy segurou os cabelos de Missy com ainda mais força e a puxou para cima, beijando-lhe os lábios fortemente, sentindo o orgasmo pulsando dentro dela e também o seu próprio gosto. Alguns segundos depois perdeu totalmente suas forças, descansando e arfando, enroscada em Missy.

—Foi... bom? — Missy perguntou também sem fôlego.

Wendy sorriu cansada.

—Sim! — foi a sua resposta. — Você é fantástica!

Foram precisos alguns minutos, até que elas voltassem a respirar normalmente. Missy começou a brincar com os seios de Wendy outra vez, fazendo um biquinho.

—Não é justo... Só você gozou...

Wendy sorriu de modo cafajeste e se virou, ficando sobre a novata.

—Não se preocupe, docinho — ela disse de forma lasciva, descendo os dedos até às coxas da outra. — Vamos ter todo o tempo do mundo para isso. Você é a minha nova *colega de quarto.*

Alba Sand-Rose
nasceu sob as
bênçãos de
Freya e Afrodite
e se inspira em
suas experiências
amorosas,
transformando-as
em obras ardentes.
Guardava seus
trabalhos para si
até recentemente,
quando resolveu
publicá-los em
sua conta
do Wattpad.

wattpad.com/user/PosionFoxy

ALBA SAND-ROSE

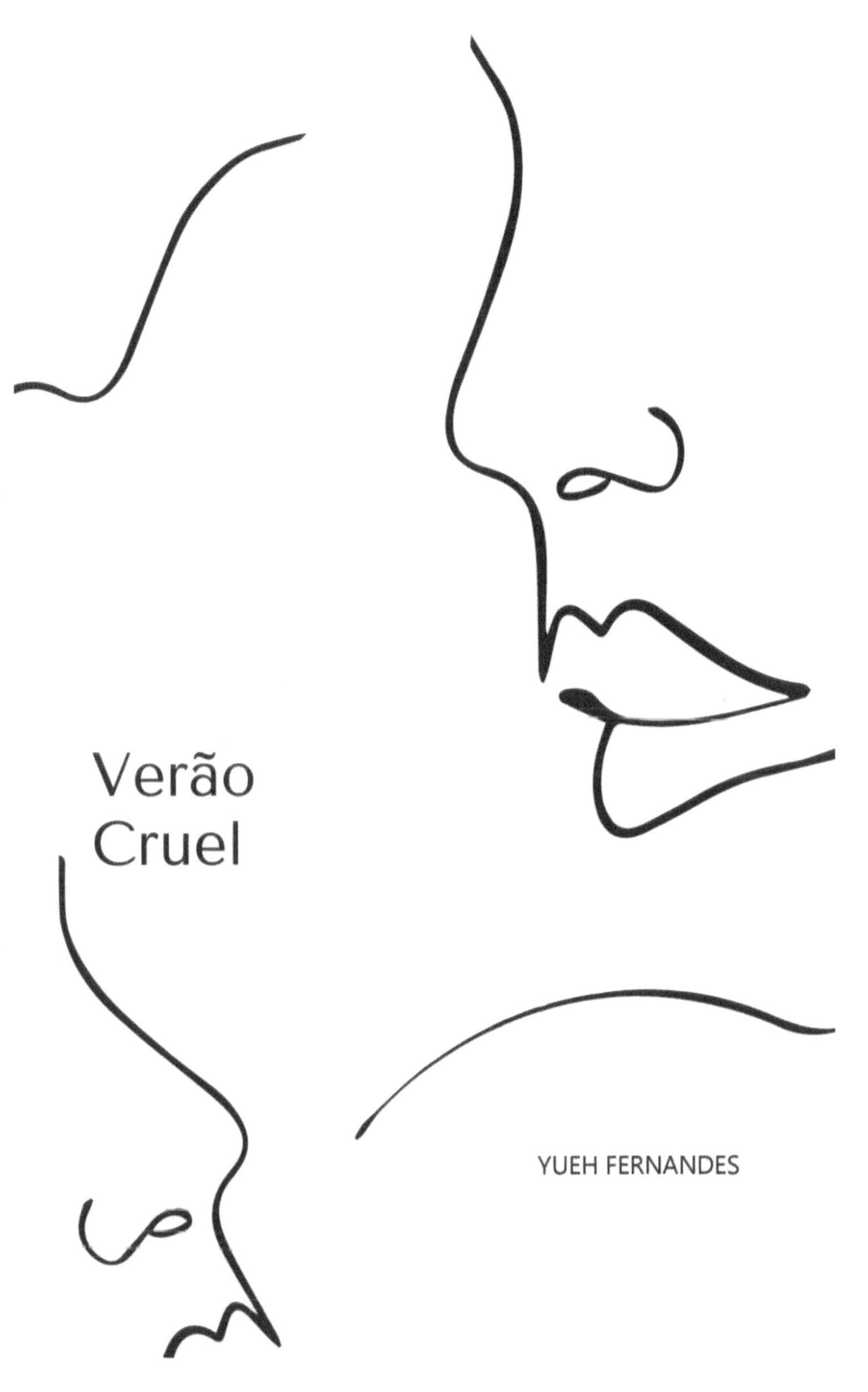

Verão
Cruel
YUEH FERNANDES

Era bom estar com ele. Entenda desde já que ambos éramos pessoas silenciosas. Nem ele e nem eu éramos de falar muito; era a nossa natureza. Costumávamos passar horas em silêncio, parados, como dois iguanas, uma por cima da outra, uma ao lado da outra, absorvendo cada detalhe do outro, absorvendo um ao outro lentamente. Às vezes eu tinha a sensação de que, por alguns segundos, éramos um só. Estávamos em sincronia.

Certa vez, pousei o dedo sobre a sua sobrancelha esquerda e tracei o desenho que a grossa faixa de pelos escuros e rebeldes fazia acima do seu olho, de uma ponta a outra, parando apenas para sentir o estreito trecho de pele macia na falha próxima à sua extremidade mais fina. Ele agarrou meu pulso gentilmente e levou as costas da minha mão aos seus lábios. Beijou-a.

"O que foi isso?", perguntei num sussurro.

"Uma briga, no colégio", voz grave, típica de quem é alto demais, grande demais.

"Os pelos nunca mais cresceram?"

"Não; tive que tomar uns pontos."

Ri. Ele não cessava seus beijos, nem por um segundo. Tinha seus olhos fechados enquanto namorava minha mão, desenhando na pele círculos com o nariz.

"Foi tão feia assim a briga?"

"Ele abriu minha sobrancelha com dois socos; eu quebrei o nariz dele com um."

Seus beijos foram ficando mais longos e molhados nas costas da minha mão. Usando a mão livre, voltei a desenhar a linha da sua sobrancelha falhada delicadamente. Ele me surpreendeu puxando meu corpo com força para o seu, e me firmou assim, ali, cativo em seus braços. Aquela atitude repentina me fez rir.

"Você é um brigão."

Ao que ele sussurrou: *"Me chama assim de novo."* No estreito espaço entre meu ombro e pescoço, seu hálito úmido e quente se condensando de encontro à minha pele, o cheiro da saliva subindo até o meu nariz, eu o envolvi carinhosamente em meus braços, e de boa vontade aceitei ser cativo.

Já sabia para onde as suas mãos estavam indo, o que os seus lábios estavam pedindo. Eu não queria, não agora, mas do momento em que me permitisse, jamais conseguiria parar novamente, não haveria volta para mim. Estaria entregue.

Ele tinha tão poucos pelos, e os que existiam, eram tão finos. Adorava tudo nele, tão grande, tão desengonçado, branco como um verme. Eu podia ver suas artérias desenharem rios embaixo da pele cor de leite. Adorava a curva dos bíceps salientes em seus braços exageradamente longos, as suas cicatrizes misteriosas, inomináveis. Gostaria de saber a história de cada uma delas, eu ansiava por saber a história de cada uma delas, ansiava por beijar cada uma delas. Marcas silenciosas de um passado que nunca se manifestou, seja por palavras ou olhares.

Olhares.

Eu gostava do modo como ele me olhava, como se eu fosse o evento mais extraordinário em toda a superfície terrestre. E eu gostava de como ele explorava o meu corpo, como se soubesse que cada pedacinho daquilo era eu, cada centímetro da minha pele me compunha, e seus dedos me percorriam como a um mapa, abrindo caminhos antes inexplorados. Suas mãos me descobriam como bandeirantes em terras estrangeiras, desbravando paragens onde nenhum outro homem jamais estivera.

Sempre fui tão grande, mas perto dele sempre me senti tão pequena. Eu poderia, eu queria me perder nele para sempre.

E veio tão rápido, jatos fortes, sua língua grossa brincava com um dos meus mamilos quando aconteceu; eu tinha as unhas cravadas com força na carne macia das suas costas. O líquido perolado brilhava agora entre os seus dedos, sobre a sua barriga, escorrendo pelo seu peito, no seu antebraço. Ele levantou a mão diante dos olhos e o admirou, como se tivesse enroscado entre os dedos uma joia alienígena, valiosa e inestimável, proveniente de algum planetoide perdido na poeira diamantina de uma nebulosa.

Ele rasgara mais uma das minhas boxers de algodão.

"Você vai comprar uma nova."

"Compro, e rasgo de novo."

Ele mordiscou de leve o mamilo que sugava e o beijou carinhosamente em seguida, depositando uma série de beijos lentos e molhados sobre meu peito, ombros e barriga.

"Você é um idiota.", disse.

"O quê? Do que você me chamou?"

Levou a mão ao meu queixo e o apertou com força entre os dedos, puxando meu rosto de encontro ao seu com violência, seus olhos escuros levemente puxados procurando pelos meus. Eu ria.

"Idiota", debochei.

Beijou-me. Jogou-me de costas no sofá e virou-me de bruços. Eu sabia o que viria; era isso o que eu queria. Para sempre e sempre. Fechei os olhos e deixei que acontecesse, que ele me guiasse. Suas mãos nos meus quadris, sua boca nos meus cabelos. Sorria.

Nada disso é real.

Mas eu gostaria que fosse.

Era o começo da grande estiagem, a maioria de nós ainda não sabia o que estaria por vir. Os clarões nos céus mal haviam começado, e tudo o que se noticiava eram as eleições presidenciais, em todos os jornais e noticiários do país. Protestos, passeatas, grandes esquemas de corrupção sendo destrinchados nos últimos minutos do segundo tempo. Aquilo tudo me era trivial, irrelevante; eu estava com ele. Enquanto o solo secava e os reservatórios esvaziavam, estávamos a cem por hora na via expressa, o vento bagunçando meus cabelos e me esmurrando os braços, envolvendo seu torso largo enquanto íamos mais e mais rápido; e os seus beijos, estes queimavam minha pele com a mesma intensidade do sol escaldante do céu de outubro.

Eu não estava apaixonado. Era maior e mais grandioso do que isso.

As noites eram quentes e os dias, mais ainda. Os termômetros marcavam recordes por todo o país, o planeta parecia esquentar conforme nos tornávamos mais próximos: dois corpos celestes superaquecendo com a proximidade e enlouquecendo o clima por todo o globo. Eu era prepotente o suficiente para acreditar que a causa da estiagem era culpa nossa.

"Na minha cidade costumava fazer esse mesmo calor todos os dias."

"Não é o mesmo calor; é o calor de lá."

"Você entendeu o que eu disse."

Ele riu.

Dividíamos um ventilador minúsculo num cubículo com uma única janela, a pintura de uma cidade em chamas ardendo em amarelo e laranja, centenas de almas sofrendo a penitência de um verão que só estava no início. O que para eles era o inferno, para mim havia se tornado o paraíso. Nunca imaginei que pudesse amar o calor da forma que havia aprendido a amá-lo. Era belo. Só o calor me proporcionava o vislumbre do que o frio e todas aquelas camadas de roupa escondiam dos meus olhos. Deleite era ver as gotículas de suor se formando em seu peito branco, deslizando por entre os ralos e escassos, quase imperceptíveis, pelos escuros que levavam da parte baixa do seu ventre até o que jazia oculto pelo zíper da bermuda velha e desbotada. O caminho para o meu Éden particular.

Era belo o modo como a sua pele pálida brilhava sob a camada fina de transpiração. A película de suor cobrindo a sua derme parecia fazê-lo reluzir. Aquilo, de certa forma, me tirava o fôlego, porque o seu corpo para mim era como uma mesa farta posta no meio de um vasto deserto: enchendo minha boca d'água, fazendo transbordar em mim fontes que há muito haviam secado, tornando minhas geleiras interiores cada vez mais fracas, minhas paredes de gelo internas cedendo aos uivos, todas as vezes que estávamos juntos. Me sentia o próprio Ártico no degelo.

Aquecimento global.

Havia passado muito, muito tempo sem ser notada, sem ser tocada. Isolada do resto da humanidade como numa bolha de retenção, proibida, terreno gelado eternamente inexplorado, por ser quem eu sou, por ser o que sou. Indigna de toques ou olhares, congelada no tempo; e agora finalmente havia chegado a primavera. O degelo era ele.

"O que você tanto olha?", pôs as mãos atrás da cabeça, sempre sério. Ele gostava de me admirar por horas a fio, o olhar duro e fixo nas minhas formas, nos meus gestos; e, no entanto, o contrário parecia perturbá-lo de uma forma incômoda, tão profunda... Ele não gostava de ser observado.

"Nada", desviei o olhar e o fixei no letárgico ventilador de teto. Fechei os olhos e me concentrei nos sons, nos carros do cruzamento da Augusto de Lima com a Rua da Bahia, no bater de asa dos pombos espantados pelo abrir das janelas, ecos distantes de vendedores ambulantes, o zumbir do ventiladorzinho de mesa sobre o criado-mudo. Sua respiração pesada. Estava próxima demais. O mundo lá fora era laranja, ele estava sobre mim, imobilizara meus pulsos acima da cabeça e me encarava fixamente com olhos escuros inquisidores.

Sempre sérios, nunca sorriam.

"O que você está olhando?", não precisei abrir os olhos para saber o que ele estava fazendo.

"Você."

Silêncio.

"Por que você pode me olhar o tempo que quiser e eu não posso te admirar nem por um segundo?"

Mais silêncio.

Abri meus olhos. Ele estava tão próximo. Às vezes eu tinha a sensação de que ele poderia me consumir como uma força arrebatadora. Era vontade o que eu via em seus olhos; vontade de me ter, de ser parte de mim, de fundir nossos corpos, apossar-se da minha existência como uma entidade faminta pela carne. E parte de mim ansiava que isso acontecesse. Eu queria me tornar parte dele tanto quanto ele gostaria de ser parte de mim, engolir-me como um sol devora um planeta.

"Está quente demais pra ficar tão perto assim. Você vai me matar sufocado." Desviei o olhar.

Ele começou a me soprar. Ri.

"Não seja bobo." Ele também estava rindo. *"Anda, sai de cima de mim. Tá muito quente."*

Fez-se então mais próximo, a ponto de que eu sentisse o calor emanando do seu corpo para o meu em ondas, sem que nossas peles se tocassem. Ele continuava a me soprar, o cheiro da sua saliva me inebriando. Eu podia sentir, ouvir o seu coração batendo alto contra a caixa torácica que pairava acima de mim, suspensa.

Éramos Urano e Gaia.

Eu simplesmente não entendia como ele conseguia ser tão maior do que eu. Eu sempre fora maior do que todos os que conheço a minha vida inteira. Desde pequena fora enorme, mas ele... ele era gigantesco. Ossos enormes, ossos largos, compridos. Músculos sutis, porém rijos embaixo da pele alva. *Me chamavam de alien no colégio*, revelou-me certa vez. Quando mais novo tinha a cabeça "grande demais" e os dedos "muito longos". Alien e E.T. eram apelidos recorrentes. Ri um bocado aquele dia. Ele ficou bravo. Realmente parecia um alienígena. Olhando do ângulo certo, o extraterrestre mais belo do universo inteiro.

"Eu gosto de você porque você é estranho", disse a ele naquele mesmo dia. *"Você não deveria ficar bravo, porque eu também sou"*. Beijou-me.

Às vezes eu sentia gratidão em seus beijos, em seus toques, e eu o compreendia e retribuía da mesma forma, na mesma intensidade. Eu permitia que ele se perdesse em meu corpo e eu me abria completamente e de todas as formas para ele porque nós éramos *iguais,* nós éramos a mesma coisa, feitos da mesma matéria. Éramos do mesmo tipo, pertencíamos à mesma espécie. A mesma matéria que me compunha, o compunha também; nossa essência era igual. Nossos corpos conversavam em silêncio, eles se entendiam como as estrelas compreendem umas às outras mesmo estando a anos-luz de distância, porque são feitas da mesma substância. Nós éramos iguais em nível atômico, espiritual, e eu sentia isso tanto física quanto intelectualmente. Era como a dor gostosa de um orgasmo contínuo, latejante. Com ele, eu estava completa.

Não resisti e passei meus braços em volta do seu pescoço, o calor não era o suficiente para nos manter afastados. O quarto estava em total silêncio, exceto pelo movimento da avenida lá embaixo e do estalar periódico do pequeno ventilador de mesa, completamente inútil àquela altura. Estávamos derretendo.

Ele colou a barriga úmida contra a minha; eu pulsei. Ele tinha algo extremamente rijo dentro das calças, algo que eu conhecia tão bem quanto a palma da minha mão, algo que conhecia cada centímetro do meu corpo tão bem quanto eu própria. Talvez até além.

"Por quê? Por que você me deixa desse jeito?"

"Não sei", arfei.

"Eu não consigo me controlar perto de você." Ele fechou os olhos e impulsionou o corpo para frente violentamente, levando-me junto, pressionando seu quadril contra o meu com força. Eu arranhei suas costas; ele então depositou a cabeça no meu ombro gentilmente. Eu ainda encarava o teto, completamente imóvel.

"Eu te..."

Pus meu indicar sobre seus lábios.

"Não diga."

"Por quê?"

"Essas palavras são malditas. Elas conseguem destruir qualquer coisa. Não quero que isso morra, não quero que isso acabe. Nunca."

"Não vai."

Quase tudo sobre nós dois era úmido, morno, abafado. A possibilidade de algo desta escala ser um completo pesadelo para alguém como eu, amante do frio, da brisa, do frescor, era colossal; mas por incrível que pareça, eu estava confortável. Eu gostava daquilo, gostava da sua presença, da sua proximidade, mesmo quando os termômetros estouravam e o asfalto rachava na avenida lá embaixo. Eu gostava de observar a distorção que as ondas de calor provocavam na atmosfera à distância, agitando os átomos dos gases presos entre o céu e a terra, causando a ilusão da miragem. O mundo parecia espelhado, o chão refletia os pedestres e as bicicletas como se transitassem sobre um espelho d'água inquebrável.

"No deserto a impressão que isso dá é a de que tem um oceano no horizonte, parece que cê tá caminhando pra água."

"Você já esteve no deserto?", perguntei.

"Já."

"Sério? Eu acho o máximo esses ambientes extremos, paisagens inóspitas e coisas que aparecem em documentários da NatGeo."

"Você não vai querer estar num deserto ao meio dia. Vai por mim."

Eu ri.

"Já estive na Avenida FAB ao meio dia, mais de uma vez Um deserto nem se compara."

"Onde, diabos, fica isso?"

"Na minha cidade natal."

Fez-se silêncio enquanto observávamos a cidade em movimento, esparramados nos largos e extensos, porém finitos, degraus da Igreja São José, rodeados por moradores de rua e vendedores ambulantes aos berros. O sol a pino refletindo suas lâminas mortais na pintura da lataria dos automóveis nervosos que rugiam no engarrafamento à nossa frente. A Afonso Pena havia parado há apenas alguns minutos. Um acidente na altura com a Guajajaras havia travado tudo por completo, o mundo havia sido imerso em caos, o inferno havia subido à Terra. Eu sentia profundamente pelas almas daquelas pobres pessoas presas nos monstros de metal pintados de azul, verdadeiras latas para humanos em conserva, que eram os ônibus da capital mineira.

"O que você foi fazer no meio do deserto?", soltei, de repente.

"Olhar as estrelas."

"Estava sozinho?"

"Não; estava com uma pessoa."

Mais silêncio.

Aquilo me pegou de supetão, atingindo-me como uma lasca de concreto procedente de um prédio em demolição. Eu era o prédio. E não sabia nada sobre ele. E por isso estava desabando. Nada além do básico. Ele era o dono de uma moto irada, ele trabalhava à noite numa lanchonete e consertava tudo, praticamente tudo. Levava uma vantagem sobrenatural sobre as máquinas, computadores e celulares eram seu forte; ele mesmo havia consertado o meu várias vezes. Fazia bico numa oficina às vezes, adorava mexer com automóveis, tinha paixão por alta velocidade e já correra em circuitos dentro e fora do país algumas vezes, mas nunca conseguira fazer carreira. Eu vi fotos, eu vi objetos, eu vi lembranças. Mas onde estavam seus pais? Seus irmãos? Sua família? Eu nunca havia perguntado, e por quê? Estava entorpecida, distraída, absorta, submersa, inundada por ele. E o resto pouco ou nada importava.

Até agora.

"Isso me faz pensar que eu sei muito pouco sobre você."

"Tá com ciúme?" Um sorriso debochado tomou forma no cantinho dos seus lábios.

"Não seja tão prepotente." Revirei os olhos.

"Você sabe o que precisa saber."

"Do jeito que você fala, parece até que esconde um passado sombrio e criminoso."

"E quem te garante que não?"

Encarou-me desafiador. Semicerrei os olhos.

"Você só pode tá brincando comigo."

Ele gargalhou; aquilo me espantou. Era tão raro. Meus olhos brilharam, meu peito ficou a ponto de explodir. Aquilo era lindo. Perfeito. Por que ele não o fazia mais vezes?

"Vem cá." Ele arredou para trás no degrau onde estávamos e batucou de leve com a palma das mãos no espaço entre as suas pernas. Com um movimento rápido eu estava escorado em seu peito enquanto ele se esparramava nos degraus às suas costas. Um mendigo próximo que nos observava, levantou-se e saiu andando.

"Acha que ele..."

"Claro que sim."

"Isso me incomoda."

"O quê? Um mendigo? Fala sério."

"Eu sou um incômodo até para um morador de rua, velho."

Ele beijou o topo da minha cabeça.

"Nós somos."

Os motoristas começavam a descer, cara feia, narinas infladas, o trânsito não andava.

"Sabe, acho que ainda não vieram pra cima de nós até hoje por causa do nosso tamanho", concluí.

"Não vieram pra cima da gente até hoje porque tem amor à vida."

Eu ri mais uma vez.

"Você é bastante autoconfiante. Não me admira que viva metido em briga. Você briga com todo o mundo. Devia controlar esse temperamento."

"Uma porra."

Olhei para cima e dei um tapa de leve em sua bochecha.

"Fala direito comigo", disse com o dedo em riste. *"Eu não tô brincando; eu não vou passar por isso de novo."*

Pegou minha mão entre as suas.

"Perdão, perdão". Levou-a até os lábios e a beijou. Me aconcheguei em seus braços. Completude não era a palavra certa. Cinco meses haviam se passado e todas as vezes eram como se fosse a primeira. Seus braços à minha volta não faziam me sentir completo. Completude era um estado de espírito que passamos a vida inteira buscando em prazeres mundanos, como bebida, cigarros, compras e sexo, méritos profissionais ou ganhos materiais. Completude era uma ilusão, um mero conceito, algo que nos impulsionava adiante e adiante, como foguetes. A busca não nos permite parar, não nos deixa estancar. A busca incessante, a grande jornada, é ela que nos motiva. O nosso combustível. Enquanto sujeitos à condição de humanidade, seguimos, continuamos procurando, e quando encontramos, temos a efêmera sensação de que estamos "completos". E estagnamos. Mas

não estamos, porque é isso o que nos torna humanos: somos imperfeitos, incompletos enquanto existência.

Mas aquilo, aquilo era diferente de completude.

Era como olhar ao redor e perceber que todas as peças estavam em seu exato lugar, que *eu* estava no lugar onde eu deveria estar, quando a ordem das coisas fora definida pelo acaso, ou intenções metafísicas residentes para além da parca compreensão humana. Aquilo estava além de um mero encontro de almas. Estar em seus braços era sentir a ordem prevalecer sobre o caos, era sentir a calmaria pós-tempestade, a quietude de um mundo estável e pleno. Eu *deveria* estar ali. Aquele era o meu lugar, *ele* era o meu lugar, e eu não queria parar. Eu queria mais daquilo, queria ir além e saber o que havia do outro lado: até onde a jornada me levaria? Se ele era meu presente, era também meu futuro? O que ele, meu futuro, guardava? Ele me instigava, me deixava ansiosa, me fazia roer as unhas. Me impulsionava para frente e ainda mais adiante, mantinha meu foco no horizonte e me tornava cega para distrações. O resto parecia trivial. Eu ansiava por grandeza. E havia muito mais a ser conquistado; muito mais além do que os meus olhos eram capazes de enxergar.

Eu tinha o que queria e estava onde queria. Mas queria mais. E eu estava disposta a conseguir. A seguir. Ao seu lado.

Naquele dia uma mariposa enorme entrou pela janela aberta, enquanto descansávamos na banheira. Era um sábado quente, seco e abafado, habitual àquela época do ano, naquele ano em específico.

Minha cidade natal sempre fora quente o ano inteiro, mas nada se comparava àquilo. Se na capital do meu estado cozinhávamos por conta da umidade, ali assávamos devido à ausência dela. Era comum que gastássemos algumas horas do dia juntos na banheira, mesmo que ela não fosse grande o suficiente para nós dois. Consequentemente, ambos acabávamos com as pernas para fora, dos joelhos para baixo. Às vezes, quando encontrávamos uma posição confortável, eu preferia recostar em seu peito.

Naquela noite estávamos nesta exata posição, quando o enorme animal entrou pela janela.

Meu reflexo imediato foi me abaixar e proteger o rosto com as mãos. De olhos fechados, imaginando tratar-se de um morcego ou um pássaro perdido, mas nunca um inseto daquele tamanho.

Ele voou em círculos ao redor da lâmpada amarelada por alguns segundos, lançando sobre nós dois, sombras trêmulas enormes, até que finalmente o animal descansou sobre o espelho do banheiro.

"Opodiphthera eucalypti."

"Oi?", eu disse.

"Essa espécie de mariposa não é comum daqui É uma espécie australiana."

"Oh."

"Me pergunto o que ela estaria fazendo tão longe de casa."

Sorri, e o meu riso se transformou em gargalhada muito rapidamente. A água ao nosso redor ondulou, fazendo com que um pouco dela vazasse pelas bordas rumo ao piso do banheiro, e encharcasse o tapete aos nossos pés.

"Do que cê tá rindo?"

"Essa mariposa. Sou eu."

"O que quer dizer?"

"Ela também está longe de casa, vinda de um lugar completamente inusitado. Até hoje eu não sei o que responder quando as pessoas me perguntam como eu vim parar em Belo Horizonte. Pareceu simples ordem do acaso."

"No seu caso, não existe acaso."

Virei-me para encará-lo; mais água vazou para o tapete.

"O que você quer dizer com isso?"

Ele encarava a mariposa, sério como de costume, analisando em silêncio.

"Nada nas nossas vidas é mera obra do acaso, você mesma me disse isso outro dia."

"Sim, mas pensei que você não acreditasse nessas coisas."

"Bom, acho que não tem como não acreditar depois que a gente te conhece."

Franzi as sobrancelhas. Coisas incomuns sendo ditas por ele. Ele estava sorrindo, nossos rostos muito próximos. Virou-se para me encarar também. Nossos hálitos se misturaram, ele lambeu meu rosto.

"AH! O que é isso?". Gargalhei. *"Ficou doido?"*. Ele sorria, divertido.

"Deu vontade."

"Depois eu que sou o esquisito."

A movimentação na banheira fez com que metade da água escorresse para o chão. Ela descia de forma sonora pelo ralo enferrujado no centro do banheiro. Ele estava me reposicionando bruscamente. Com as mãos em minha cintura, punha-se ereto em ambos os sentidos e me encaixava de frente para o seu torso toscamente. Eu deslizei sobre as suas coxas em direção ao seu abdômen. Nos encontramos com um baque, minha barriga contra a sua, meus quadris contra os seus. Seu braço esquerdo servia-me de apoio para as costas enquanto a sua mão direita me deslizava nuca acima, de encontro aos cabelos presos num coque. Nossos narizes se encontraram. Ambos sorríamos, e isso era raro. Ele não estava me analisando, não estava me provando com o olhar como de costume, inexpressivamente sério. Não. Ele estava sorrindo. Ele sorria com cada vez mais frequência ultimamente, e isso acabava me fazendo sorrir cada vez mais. Sua língua quente e grossa deslizou para dentro da minha boca carinhosamente, eu tinha as mãos apoiadas sobre seus ombros. Ele me apertava de encontro ao seu corpo. Minha temperatura corporal sempre subia nessas ocasiões. Era impossível não hiperventilar. Puxar o ar era uma dificuldade enorme; meu coração era como o de um coelho.

Eu não era habituado àquilo..

Cinco meses haviam se passado e eu ainda não havia me habituado àquilo.

"Por que você não me deixa entrar de uma vez?", sussurrou para dentro da minha boca, entre um beijo e outro.

"Porque eu gosto de te fazer esperar", eu gemi.

Sua boca estava no meu queixo, no meu pescoço, nos meus ombros. Por todo o meu pequeno seio esquerdo, entre ambos, nas minhas costelas; e em seguida, na minha boca novamente. Ele tinha as mãos nas minhas coxas, por baixo delas, fazendo apoio. Estava me içando para cima contra a minha vontade. Ele tinha total controle sobre o meu corpo. Minha posição não era favorável. Eu o sentia *pulsar* ali embaixo, batendo com força entre as minhas nádegas. Aquilo causava arrepios por todo o meu corpo. Um enxame de borboletas chocando-se em fúria contra as paredes do meu estômago. Meu baixo ventre em chamas. Montanha russa. Borboletas não, mariposas. Enormes mariposas, exatamente iguais à que descansava pacificamente sobre o espelho embaçado do banheiro, a admirar o próprio reflexo, se revolvendo furiosas no meu âmago.

Eu estava no alto de uma montanha russa indo para baixo com força.

Tentei me movimentar, subir e descer, descrever círculos com os quadris, mas seus braços me haviam feito cativa do seu corpo.

"Deixa assim, eu quero sentir..."

"Mas eu..."

"Eu quero sentir... lá dentro. Fica quieta."

Resignei-me e descansei meu queixo sobre o seu ombro, imóvel, minhas mãos espalmadas sobre o seu peito. Estava completamente entregue, como um coelho entregue ao abraço mortal de uma serpente. Ele se expandia em meu interior. Eu conseguia sentir seu batimento cardíaco, a pulsação do sangue nas veias ao longo de todo o comprimento. Meu corpo cedia aos poucos, meu interior contraía, eu o apertava lá dentro cada vez mais e mais, e isso deixava seu corpo teso. Os músculos dos seus braços estavam rijos, ele os tinha à minha volta por completo.

Estávamos conectados.

Seu queixo agora também estava sobre o meu ombro.

"Não quero sair daqui, nunca mais", ele resmungou.

Fechei os olhos e gemi.

"Não faz isso!", gritou em protesto.

"Quê?"

"Não 'ungh' desse jeito", disse imitando meu gemido, *"se não eu vou sentir vontade de me mexer!"*

Não consegui conter o riso.

"Para! Não faz isso! Cê tá se mexendo!"

"Desculpa". Arfei. Eu estava desfalecendo. *"Desculpa."*

Ficamos assim durante um tempo até que ele me permitisse me mover; e quando comecei não pude mais parar. Suas mãos passeavam pela minha cintura, pelo meu busto, pelos meus braços, pelo meu pescoço, desenhando cada linha das curvas do meu corpo minuciosamente. E lá estava aquele olhar outra vez, o olhar científico, curioso, explorador; o sorriso que ali antes havia, desaparecera completamente. Ele me analisava, estudava meus movimentos, os poucos músculos, o tecido adiposo flácido, macio, e as linhas do meu corpo a se moverem, como se observasse um espécime raríssimo de um deslumbrante animal exótico, enquanto eu ia e voltava sobre as suas coxas.

Nossos olhos se encontraram ao acaso durante o seu estudo da minha anatomia, os dedos da sua mão esquerda deslizaram sobre a minha clavícula, meu pescoço, a linha da minha mandíbula. Alternando o olhar entre meus olhos e a sua mão, ele deslizou os dedos sobre a linha dos meus lábios, desenhando-os com minúcia enquanto eu os afastava sutilmente, só para que ele pudesse inserir entre meus dentes o indicador e o médio. Fechei os lábios sobre os nós dos seus dedos e suguei sutilmente. Ele abocanhou meu mamilo esquerdo com força.

Lava quente preencheu minhas entranhas. Um vulcão dentro de mim. Eu arfava incontrolável. Seu peito branco molhado subia e descia rapidamente conforme os pulmões enchiam e esvaziavam.

Já quase não havia água na banheira quando terminamos.

Yueh Fernandes
tem 27 anos e é
uma escritora
amapaense de
dark fantasy e
terror/suspense.
Radicada em
Belo Horizonte,
é formada em
Jornalismo. Suas
principais influências
são H.P. Lovecraft,
Junji Ito, David Lynch,
Stephen King e Anne
Rice. No ano passado
publicou seu
primeiro romance,
Asas Escuras (Skull).
Seu trabalho atual
é a série de horror
e suspense,
Hotel Alvorada, que
promete paisagens
ainda mais tétricas
e oníricas.

IG: @yuehfernandes

YUEH FERNANDES

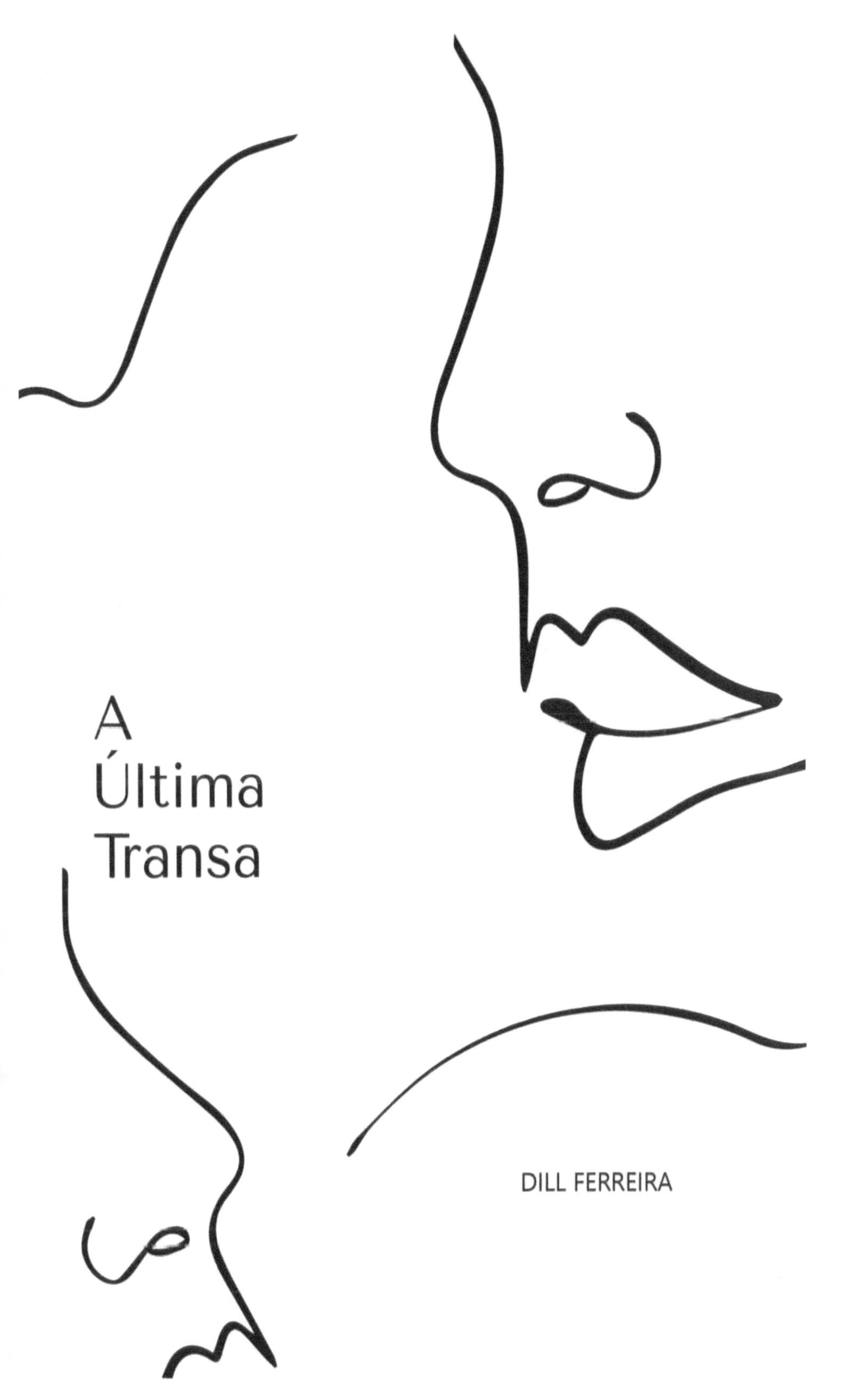

A
Última
Transa
DILL FERREIRA

Luciana havia acabado de chegar da academia. Estava exausta, porém muito feliz. Havia quatro meses que ela fazia seus exercícios com o auxílio de uma *personal trainer* e já tinha obtido bons resultados. Estava se preparando para o banho quando telefone tocou. Olhando no visor, ela atendeu sorrindo.

—Alô, Ana! — disse Luciana tirando o tênis em seu quarto.

— Lu, você sabe quem está na cidade novamente? — perguntou a amiga preocupada.

— Se você me contar eu saberei — respondeu Luciana achando graça no exagero do tom da voz da amiga.

—É sério; você não sabe mesmo? — insistiu Ana.

"A conversa já está ficando preocupante", pensou Luciana.

—Eu disse que não!

— O André, amiga. Ele está aqui já faz dois dias. Eu pensei que soubesse. — A jovem pareceu contrariada.

Saudade e tristeza se misturaram na mente de Luciana.

— E o que tem demais nisso para você me ligar afoita desse jeito? — perguntou após alguns segundos.

— Eu não gosto de mentir para você, então serei sincera.

Estou muito preocupada contigo. — Luciana ouviu sua amiga respirar longamente do outro lado da linha. Ana tinha razão, mas não seria como sua amiga estava pensando. Nunca mais seria. — Fiquei com medo de você se deixar levar e ter uma recaída, entende? — falou Ana carinhosamente tentando justificar a sua preocupação.

— Sim, eu entendo, mas não pretendo confirmar suas premonições. Isso te deixa mais zen? — Luciana perguntou com voz doce em consideração à preocupação da amiga.

— Não sei, não, amiga. Tenho medo que possa ter uma recaída por ele. Aquele cara não merece você.

— Não se preocupe, Ana; já estou vacinada, tá?!

Embora Luciana estivesse mais segura, ainda sentia-se meio ligada ao rapaz; mas isso não seria suficiente para se deixar enrolar novamente.

— Caso ele te procure, fique na sua. Não dê corda para ele — falou Ana provocando risada em Luciana.

Ana sempre fora sua confidente, por isso Luciana entendia a amiga, que ficara mais magoada e com mais raiva do rapaz do que ela mesma.

— Combinado! — afirmou sem dar muito ouvido a repreensão.

— Lu, um cara que termina um relacionamento de um ano por causa de uns quilos a mais, e através de mensagem, não vale a pena!— disse Ana.

Aquelas palavras fizeram Luciana voltar no tempo. No dia em que recebeu a mensagem do namorado suas forças foram terra abaixo. O relacionamento de ambos era bom, embora por vezes Luciana percebesse certo desinteresse do jovem pelo seu corpo que estava um pouco fora de forma, nada demais. André era muito perfeccionista com seu corpo e exigia isso dela também, mesmo Luciana não demonstrando interesse em atendê-lo.

Ele era um homem belo, de 25 anos, sarado e vivia cheio de gatinhas à sua volta. Luciana também não ficava atrás. Aos 22 anos, embora possuísse o corpo fora dos padrões da moda, chamava a atenção por onde passava. E mesmo sabendo que precisava trabalhar sua silhueta um pouco, não se sentia incomodada com isso. Porém, após o rompimento do namoro, que segundo boatos, foi também pelo peso a mais, ela mudou seus hábitos e estava tendo bons resultados.

Durante o relacionamento ela frequentou a mesma academia que ele, mas não se dedicou com afinco aos exercícios, e com isso os resultados foram discretos. Agora se cuidava mais e com isso seu amor-próprio também crescera, o que a levava a acreditar mais em si mesma.

Havia se passado mais de quatro meses desde que André lhe enviara a mensagem terminando o relacionamento, e ela ainda se sentia magoada por ele ter partido da cidade dois dias depois, sem ter lhe dado um tchau ou adeus. Após diversas mensagens sem respostas e o telefone dele estar sempre desligado, ela se deu por vencida e não mais o procurou.

— Não precisa se preocupar comigo, Ana; eu sei o que devo fazer, tá? — Será que sabia mesmo? , questionou-se.

— Espero que saiba mesmo e não invente de sair correndo atrás dele como tantas que vejo por aí. Se bem que você não é do tipo que se desvaloriza, mas vai saber! Vai que ele joga a isca e você cai igual uma patinha. — Ambas riram do comentário, pois Ana contava sua própria história usando o problema da amiga para desviar seus feitos, o que a fez lembrar-se de sua atitude nada feliz com ela mesma.

— Eu, né?! — Luciana devolveu na mesma moeda.

— Eu amo você e não quero vê-la sofrendo de novo. Ele não te merece. Não se esqueça disso — falou Ana.

— Tudo bem, minha guardiã.

Não havia necessidade de tanto alvoroço, pois nada seria novamente como fora.

— Como foi na academia hoje? — quis saber Ana que estava afastada havia pouco mais de uma semana, por uma luxação no joelho.

— Tranquilo! Suor e malhação da mesma forma que você conhece bem — disse Luciana.

— Eu volto daqui a uma semana, após concluir minha fisioterapia. Não vai fazer besteira na minha ausência.

— Sua tola! — respondeu Luciana fingindo estar contrariada com a amiga. Ambas riram pela falsa rispidez em sua voz e logo se despediram.

Na manhã seguinte Luciana acordou apressada. Naquele dia teria aula prática de Biologia e sua manhã seria curta. Após se vestir e fazer a higiene ela saiu às pressas para a faculdade e quando lá chegou sua amiga veio ao seu encontro.

— Eu já estava desistindo de você. Quase fui para a minha sala — reclamou Ana com semblante preocupado.

— Perdi o horário — falou seguindo a amiga que começou a andar a passos largos.

— Alguma novidade? — quis saber a outra.

— Não; por quê? — Luciana não entendeu a pergunta.

— Não sei; só pensei que talvez tivesse algo. — A jovem observava Luciana excessivamente.

— Você foi a última pessoa com quem falei. Por que acha que eu teria alguma novidade? — Ambas viviam se pegando com as palavras, mas existia ali um amor verdadeiro e fraterno entre elas.

— Você está certa. Vou para a minha aula e nos encontramos no horário do intervalo.

Ao contrário do que Luciana desejava, a manhã não passou tão rápida. As aulas se tornaram maçantes e por vezes ela sentiu vontade de sair. Mas manteve-se atenta até o final. Algo a angustiava e não sabia ao certo o que era.

— Pensei que essa manhã não terminaria nunca! — falou Luciana se aproximando de Ana.

— Não posso reclamar muito, mas eu também fiquei bastante cansada hoje. Vamos aproveitar que é sexta e ir a um barzinho? — perguntou a amiga animada.

— Se puder ser depois da academia. — A outra concordou com um movimento de cabeça. — Você pode me pegar às 21h — confirmou Luciana.

— Tudo bem, então. — Ambas se dirigiram para as catracas e seguiram juntas até seus carros.

— Eu te pego pontualmente; não vai me atrasar. — Luciana fez uma careta para a amiga e partiu.

Em casa, após colocar algumas pesquisas em ordem e analisar o término de seu estágio, Luciana se vestiu e foi para a academia. Descobrira nos exercícios um aliado também para acalmar os pensamentos. E com isso tomara boas decisões desde então.

Às 21h, pontualmente, a buzina barulhenta a despertou. Luciana vestia um short jeans médio, em tecido solto, que valorizava muito suas pernas, visivelmente trabalhadas, e uma regata branca de seda. Os acessórios eram discretos, acompanhados por um *scarpin* preto liso.

— Hum, está ficando gatinha! Desse jeito não vai conseguir fugir por muito tempo dos gatinhos — falou Ana quando viu Luciana se aproximar.

— Quem disse que estou fugindo? O problema é que eles não conseguem me encontrar.

Ana olhou para a amiga com semblante duvidoso.

— Finge que eu acredito!

Rindo, ambas seguiram para o centro da cidade em busca de diversão.

Quando chegaram a balada já estava animada. As festas dos universitários eram sempre assim e por esse motivo Luciana decidiu que iria. Havia meses que não saia para esses eventos, sempre inventando desculpas para a amiga, que estava cansada ou tinha projeto da faculdade ou da empresa do pai para colocar em ordem. Sua amiga fingia compreender e assim se passaram mais de dois meses ficando em casa nos finais de semana.

Pouco depois de estar familiarizada com o evento, um rosto chamou sua atenção. Era inevitável fugir dele. Era o momento de quem sabe fechar o seu ciclo de uma vez por todas. Minutos depois ela conclui que fora ali para isso.

— Boa noite, Luciana! Tudo bem com você? — André estava ao seu lado, lindo, sexy e cheiroso como sempre fora.

— Oi, André! Estou bem; e você, como vai? — perguntou com uma naturalidade que ela própria desconhecia.

— Estou bem, também. — Ele a olhou de cima a baixo como se aprovasse o que via. — Como vai, Ana? — Ele perguntou estendendo o cumprimento à outra jovem que não parecia nada satisfeita com sua presença.

— Eu vou bem, André! Você sumiu. Mudou-se sem deixar notícias. Por acaso saiu fugido por algum motivo, foi? — A pergunta de Ana deixou Luciana boquiaberta.

— Não, minha querida; fui apenas porque surgiu uma oportunidade ótima para mim e não pude recusar. — Ele olhou de uma para outra das moças como se se justificasse para ambas.

— Sei! — disse a garota ainda inconformada com a presença dele.

Luciana aproveitou o momento para observar André. Continuava lindo. Estava com ótima cor e sua pele irradiava sensualidade.

— Você está na mesma cidade que seus pais vivem? — perguntou Ana.

— Uma cidade vizinha — ele disse sem entrar em detalhes. — Bom, vim aqui apenas dar um "oi". Vi você e não resisti em lhe falar um instante. — André olhou para Luciana como se ela fosse a única pessoa ali. A amiga ergueu uma das sobrancelhas e Luciana sabia bem o que aquilo significava.

— Foi bom rever você, André. Tudo de bom com seus projetos! — falou Luciana sinceramente.

— Boa noite para vocês! — ele disse, se afastando em seguida. Ana, mais que depressa, pegou no braço de Luciana, chamando sua atenção.

— Vou te apresentar outras pessoas que surgiram depois que você optou por fugir do mundo. — Luciana a seguiu sem fazer comentários.

O evento transcorreu sem nenhuma outra novidade, e quando partiram já fazia tempo que Luciana não via André no ambiente.

— Fica longe daquele cara. Alguém me falou na festa que ele está pegando mais que galo em terreiro. — Luciana riu do comentário da amiga.

— Não se preocupe, eu resistirei à tentação — disse Luciana fazendo com que Ana franzisse o cenho; mas ela logo voltou a sorrir.

Nos falamos amanhã.

Após as despedidas Luciana entrou em sua casa e a amiga partiu.

Em seu quarto, depois de remover a maquiagem e tomar um rápido banho para tirar o calor do corpo, Luciana vestiu-se e foi para a cama. Quando desligava o abajur seu telefone deu sinal de que havia recebido uma nova mensagem. Ela o pegou para verificar. *"Foi muito bom rever você hoje. Gostaria muito de te encontrar novamente, mas dessa vez apenas nós dois. Retorne! André"*.

Mesmo que ele não adicionasse seu nome ela saberia ser dele a mensagem. O número do telefone continuava o mesmo. Embora Luciana não o tivesse mais em sua agenda, ele permanecia em sua mente.

— Interessante, isso! — falou para si mesma antes de colocar o aparelho no criado-mudo e apagar a luz.

Na manhã seguinte Luciana acordou com tempo de folga, e após um banho renovador e tomar o café da manhã sem correria, foi para a faculdade. Quando chegou sua amiga a aguardava novamente.

— Terei apenas três aulas, então não nos encontraremos depois. Quer ir a outra festa comigo hoje? — perguntou Ana.

— Hoje não poderei, Ana. Meu pai me pediu para rever um projeto dele e precisarei ir até tarde para terminar a tempo. — Luciana já planejava outro encontro com André; aquele que ela tanto ansiava para, quem sabe, fechar mais um ciclo em sua vida.

— Tudo bem, mas me dê notícias — falou a jovem investigando-a com os olhos.

As aulas naquele dia transcorreram normalmente e sem novidades. Quando Luciana saia, ouviu um aviso. Uma nova mensagem havia chegado. Curiosa ela tocou na tela para ver de quem era: *"Estou ansioso por reencontrar você"*.

Decidida ela selecionou o teclado e digitou uma resposta. *"Vá me pegar em casa às 22h."*. Ela precisava ir até o fim daquele ato. Surgira uma chance de romper de uma vez por todas aquele laço e ela iria fazê-lo.

Faltava um minuto quando ele chegou. Assim que Luciana ouviu a batida na porta seu coração acelerou, e ela sentiu algo quente percorrer seu corpo.

— Boa noite, Luciana! Obrigado por aceitar meu convite — ele falou assim que ela abriu a porta. André estava lindo como nos velhos tempos.

— É um prazer rever os amigos — ela disse sorrindo, embora seu íntimo estivesse aos pedaços. — Você quer entrar?

— Melhor não. Já é tarde e podemos perder muito da noite. — Essa frase de André encheu Luciana de dúvidas e medo.

— Então vamos — ela concluiu, acompanhando-o até o carro. Quando lá chegou ele abriu a porta para ela entrar.

— Cavalheiro como sempre — disse Luciana antes de entrar e sentar-se. André contornou o veículo e se juntou a ela.

— Gostaria de ir a algum lugar em especial? — perguntou observando as pernas dela que ficaram à mostra pelo vestido curto.

— Você sempre teve bom gosto; confio nele ainda. — ela respondeu com a voz doce.

André sorriu largamente e seguiu para um restaurante que haviam frequentado tempos atrás. Assim que sentaram, ele lhe dirigiu a palavra.

— Gostaria de pedir desculpas pelo que aconteceu entre nós. Eu não queria que terminasse daquela forma, mas foi a única maneira que achei viável — falou.

"Contigo me ignorando sem dizer um adeus se quer", pensou Luciana contrariada.

— Às vezes tomamos decisões que apenas nós entendemos e isso já é o suficiente. Poderia ter me dito mais claramente o que se passava, mas você fez o que achou certo. Não o culpo por isso — ela respondeu fingindo não se importar.

— Você está bem mais segura e bonita. Eu confesso que não esperava tanto de você. Acho que me acostumei com aquela mocinha pacata e sonhadora que você sempre foi — André falou tentando agradá-la.

— É preciso evoluir — falou Luciana sorrindo discretamente.

— Adoro mulheres seguras e lindas. — Ele sorriu e a olhou profundamente.

Fizeram os pedidos e logo foram servidos. Durante a refeição pouco se falaram. Cada um parecia perdido dentro de si mesmo.

— Senti sua falta. — André falou quando terminaram.

— Você também fez falta — respondeu Luciana.

— Podemos alongar um pouco mais a nossa noite? — perguntou André fazendo com que Luciana entendesse sua proposta. E ainda que estivesse insegura, aceitou.

— Claro! Por que não? — respondeu Luciana fazendo com

que seu ex-namorado sorrisse, já certo da resposta que ela daria, e satisfeito por sua premonição.

— Vou te levar a um lugar que irá recordar por longo tempo — falou André.

Durante todo o trajeto Luciana travou uma briga entre o seu bem e seu mal. Ela sabia que poderia sair ainda mais ferida daquele encontro, mas sentia necessidade de ir até o fim. Precisava reacender as chamas em seu corpo adormecido pelo descaso do rapaz. Quando chegaram ao motel, André pegou as chaves e entraram. Não tinha mais volta. Luciana iria até o fim daquela loucura agridoce.

— Entre! — ele convidou assim que abriu a porta do apartamento.

O ambiente luxuoso deixou Luciana um pouco mais confortável. Lá dentro André se aproximou e beijou-lhe o pescoço, encostando seu tórax nas costas dela.

— Quando te vi ontem senti um desejo imenso de te possuir novamente. — Ele falou em seu ouvido, arrepiando-a.

Luciana permaneceu ereta junto dele e logo sentiu o corpo másculo dar sinais de que estava ficando excitado. Com agilidade ele mordiscou o ombro dela, subindo e descendo com sua língua, enquanto com as mãos acariciava os seios inchados sob o vestido. André ergueu a peça e então acariciou a intimidade dela causando-lhe um arrepio por todo o corpo feminino carente de toque. Ele contornou o abdômen de Luciana subindo até os seios e logo desceu novamente até sua vagina, levando um rastro de fogo por onde suas mãos passavam.

— Há tempos que não sinto tanto prazer em tocar um corpo — ele falou baixinho, virando-a em seguida.

Luciana decidiu que iria ignorar todo e qualquer comentário dele. Estaria concentrada apenas no ato, e tão somente nele.

— Não me lembro dessas pernas lindas, e tão pouco dessas nádegas maravilhosas. — André abraçou-a, apertando a bunda dela com força.

— Talvez eu esteja melhor do que antes, quem sabe... — Luciana respondeu alegre por ver o desejo nos olhos dele. Nada como assistir a um homem de queixo caído.

— Você ainda continua a mesma, mas seu corpo está muito mais apetitoso, meu amor.

Luciana girou mostrando-se para ele. Queria ver aquele homem sedento por ela.

André puxou rapidamente o sutiã e o tirou. Logo em seguida começou a abaixar a calcinha dela com lentidão.

— Se eu soubesse que estava tão linda eu teria voltado antes. — O comentário de André fez Luciana rir; e também a fez ficar gelada ao sentir a boca morna em sua vagina.

— Eu sei que você gostava muito desse afago, minha gostosa — ele falou se achando o máximo, enquanto acariciava a região, deixando-a pulsante.

André mordiscou-lhe os grandes lábios e Luciana não conseguiu segurar um gemido de prazer. — Isso minha linda. Deixe seu fogo sair. Seja minha e me queime todo.

— Se quer assim... — Luciana concluiu abrindo as pernas para ele penetrar um pouco mais com a língua sua intimidade. Mais que depressa ele a obedeceu e Luciana se viu nas nuvens novamente.

A sucção que ele fazia em seu clitóris a estava enlouquecendo. Luciana pegou na cabeleira vasta dele e o prendeu em sua virilha, na tentativa de conter o tremor de suas pernas.

— Isso, minha gatinha — falou lambendo-a enquanto suas mãos percorriam o volume arredondado e firme das nádegas dela.

Luciana sentiu por mais alguns segundos aquela explosão de prazer até que ele se levantou e tomou um dos seus seios com certa crueldade.

— Eu sempre adorei deixar minhas marcas nessa sua pele linda. — Seu ex-namorado então mordeu o bico do seio dela e depois o chupou.

Era deliciosa a sensação de ver seu ex ali, louco por satisfazê-la.

Em seguida o rapaz pegou Luciana no colo e a levou para a cama, com seu peito arfando de desejo. Através dos olhos dele Luciana podia ver a excitação crescente.

— Meu pênis chega a doer de vontade de sentir você — falou André logo depois de colocar Luciana na cama, e então se pôr sobre ela, esfregando sua musculatura naquela pele sensível.

— Possua-me agora! — exclamou Luciana desejosa por sentir novamente seu corpo ser penetrado por um homem.

Luciana já não ouvia as palavras dele. A única sensação que tinha ali era de prazer; nada mais importava. André contornou o triângulo com um pequeno risco de pelos e massageou o clitóris dela. Ele sabia o quanto era importante para Luciana ser tocada naquela região. Quando namoraram, ela sempre deixara claro que gostava de ser acariciada antes da penetração. Mas naquele momento em questão seu desejo era por sexo apenas; as preliminares já estavam suficientes. No entanto, André parecia desejar marcá-la novamente, e então a colocou de bruços e mordiscou-lhe as nádegas, arrepiando-a toda.

Com uma das mãos ele abriu o frigobar, pegou um chocolate líquido, e contornou as costas dela com o creme gelado, causando um misto de arrepios e tesão. Rapidamente ele começou a lamber toda a extensão onde deixou um rastro negro. André jogou um pouco mais em suas nádegas e ali ele fora mais ousado, mordendo a região enquanto lambia o chocolate.

— Você está ainda mais deliciosa, sabia?

Luciana continuava de costas arrepiando-se a cada vez que ele jogava o chocolate e lambia. Ansiosa por ser penetrada ela ergueu o traseiro e se ofereceu para ele, pois sabia que ele não resistiria a uma bunda lhe sendo oferecida. Logo Luciana sentiu seu corpo ser invadido pelo pênis firme e grosso dele.

— Mostre-me o que tem aí para me oferecer — ela disse quando sentiu as mãos másculas prendendo sua cintura com força. André obedeceu e logo começou a bombeá-la por trás.

— Você lembra o quanto eu adorava te foder vendo sua bunda tremer com minha pressão? — Ele perguntou gemendo ao sentir a vagina apertá-lo em volta do membro ereto.

— Claro que me lembro — respondeu empinando um pouco mais o traseiro.

André aceitou aquele convite com prazer e a penetrou com fúria, indo e vindo com rapidez, esfregando seu pênis nos pequenos lábios, arrancando gemidos de Luciana, antes abafados.

— Adoro ouvir esse som. Senti muita falta dele, sabia?! — André falou enquanto Luciana se concentrava nas sensações que sentia, e apenas nelas.

Aquele momento estava lhe trazendo de volta para a vida. Seu corpo reacendia aos poucos com os toques e o calor masculino encostado em sua feminilidade. Como era bom sentir-se mulher de novo, sentir seus hormônios aguçados e seu corpo ferver ao serem realizados seus anseios mais íntimos.

O jovem viril a virou de frente para ele e cobriu o corpo feminino sedento por mais sexo. Luciana ergueu suas pernas e as colocou nos ombros dele, assim sentia a penetração em seu ápice. Deliciado pela entrega dela, André penetrou-a até o fim, incansavelmente, até sentir o gozo dela escorrendo por seu pênis. Em seguida ele fez o mesmo e derramou seu néctar.

Ficaram abraçados por algum tempo e André se levantou, chamando-a para o banho. Revigorada e mais confiante do que nunca, Luciana o acompanhou. No banheiro trocaram carícias e beijos ardentes enquanto lavavam seus corpos. Luciana passou o sabão sedutoramente em seu corpo bronzeado e bem cuidado, o que deixou André novamente excitado. Encostando-se a ela, André forçou seu membro no traseiro arrebitado e a penetrou novamente.

— Eu poderia ficar a noite toda te comendo aqui. — As palavras dele causaram um pequeno sorriso nos lábios dela, que se entregou novamente ao prazer.

Com as mãos na parede Luciana estava sendo usada pelo homem que tanto desejara naqueles últimos meses. Seu corpo vibrava por ele e principalmente pela vida que renascia ali. André a virou de frente e enquanto a penetrava com uma das pernas erguidas, beijou-a com a mesma paixão que tinha no início do namoro, trazendo à tona todas as boas sensações que partilharam tempos atrás.

Abandonando os lábios inchados, ele sugou suavemente cada um dos seios dela, levando-a ao mais extremo dos atos entre um homem e uma mulher. Percebendo a excitação nos olhos dela, André prendeu os braços de Luciana na parede e a possuiu como um selvagem, até que, exausto, ele gozou novamente e aninhou-se nela.

Luciana acariciou os cabelos cheirosos dele enquanto um alívio a envolvia. O ciclo estava fechado. A partir daquele momento sua vida seria outra. Seus sonhos também.

— Vamos nos preparar para partir minha querida?! — perguntou André olhando-a nos olhos.

— Sim! — ela respondeu com seu melhor sorriso.

Após o banho vestiram-se, e quando se preparavam para partir, André a interrompeu.

— Esse foi um dos melhores momentos que já tive. Você foi magnífica, Luciana; mas como você sabe, eu resido em outra cidade. Não quero que pense mal de mim, mas foi uma transa maravilhosa.

Luciana sorriu para ele como se nada lhe afetasse mais.

— Para mim também foi revigorante, meu amor. Torço por você onde quer que fixe moradia. — Luciana finalizou fazendo com que ele a olhasse, aparentemente contrariado com a resposta dela.

— Então para você está tudo bem? — ele quis saber, cheio de dúvidas.

— Perfeitamente bem. Foi uma delícia dividir essa cama com você. Vamos, que certamente você tem mais a fazer; porque eu tenho. — Luciana saiu na frente e foi logo acompanhada por ele.

No trajeto de volta pouco se falaram. Por vezes trocaram sorrisos e olhares distantes. Quando chegaram a casa dela e se despediam, André olhou-a nos olhos intensamente.

— Você ficará bem? — Ele parecia mais inseguro do que ela. Por um instante Luciana se viu nos olhos dele e não gostou nada daquela constatação. Nunca mais seria fraca a ponto de sofrer por alguém que não a queria bem.

— Ficarei ótima, como não conseguia ficar a tempos... E quando estiver de passagem pela cidade dê um "olá". — Luciana deu-lhe um selinho e saiu do carro caminhando ereta e bela para a porta. Seu ex-namorado a olhou por alguns segundos e partiu.

A confiança que há pouco ele tinha em suas mãos, já não estava mais ali; ela havia se encontrado na ausência dele. Já ele, se perdido sem ela.

Luciana sentou-se em sua cama e, sorrindo, olhou para o visor do celular. Uma mensagem do seu ex fora enviada. Aquela seria a primeira de muitas que ela não responderia, porque agora ela estava completa novamente e pronta para uma nova experiência em que o passado não tinha mais seu espaço.

— E um "viva" a mais um ciclo que se fecha! Que venha o próximo. E que seja bem, mas bem melhor do que esse.

Luciana deitou-se na cama, renovada.

Dill Ferreira é goiana. Escritora dos gêneros romance e infantil, possui 13 obras publicadas e participa de outras 7 coletâneas. Seu primeiro livro, Casamento por Aparências (Série Aparências) recebeu o prêmio Interarte Goiás, como um dos melhores romances de 2012. Dois anos depois tornou-se NEO Acadêmica da Academia de Letras de Goiás e em 2016 recebeu o troféu Cora Coralina, como destaque em literatura no Estado.

IG: @dillferreira

DILL FERREIRA

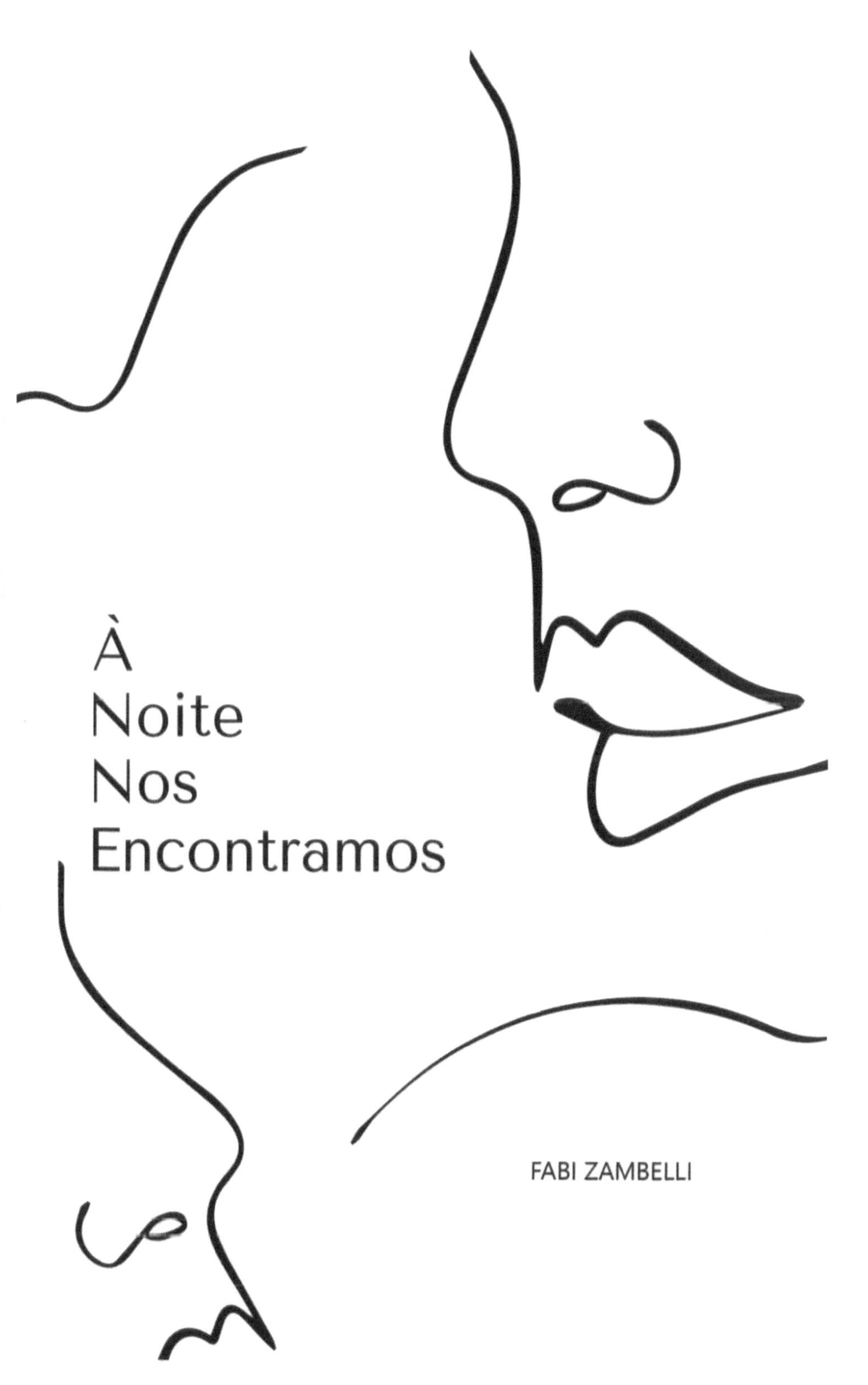

À
Noite
Nos
Encontramos
FABI ZAMBELLI

Fazia algumas semanas que eu não o via.

Sem sono, levantei da cama e joguei um robe sobre o pijama curto. O quarto estava abafado demais para mim e decidi abrir a porta da sacada para sentir o ar fresco da noite.

Aliviada com a brisa suave tocando a minha pele, apoiei-me no parapeito e me entretive observando a lua. Ela estava maravilhosa e imponente no céu, em toda a sua glória de fase cheia.

Suspirei pensativa e me peguei pensando onde Adam estaria. Ou melhor; com quem estaria! Imaginei se ele continuava a vagar pela noite, caçando mulheres, surpreendendo-as em becos escuros, apalpando seus corpos, passando os lábios por seus pescoços...

— Para com isso, Letícia! — repreendi a mim mesma e balancei a cabeça para tentar espairecer os pensamentos. — Ficar se prendendo nisso não vai te fazer bem...

Mas era inevitável. Conhecendo Adam como eu o conhecia, era quase impossível não navegar por aquelas águas sombrias.

Ele era um homem cheio de volúpia, um ser misterioso acostumado a conquistar quem e o que quisesse. Uma criatura de fascínios irresistíveis que atraía a qualquer um. E uma parte minha se arrependia por tê-lo afastado, por não ter ido junto com ele. Contudo o meu lado racional me aplaudia de pé, enaltecendo a minha coragem e sensatez; afinal era mais do que óbvio que se houvesse continuado ao seu lado, eu acabaria tendo um final violento ou repentino... E eu queria viver! Então por que sentia que a minha vida tinha perdido a razão assim que aquele homem partiu de minha casa? Gemi agoniada ao me lembrar do olhar ressentido que Adam me lançara antes de bater a porta e sumir de vez.

— Por que fico me martirizando tanto? — murmurei irritada.

Adam Julien Deschamp... Um enigmático e poderoso francês, dono de assombrosos olhos verdes, cabelos castanhos e charmosos, corpo maravilhosamente torneado, dotado de uma incrível inteligência e destreza, com pronúncia quase perfeita do nosso português, e sócio de uma multinacional espanhola. Como um homem desses fora cruzar meu caminho?

Pois é...

Nós costumávamos trabalhar juntos. Ele havia se tornado o meu *"sidekick[1]"*, o meu fiel ajudante dentro da empresa. Como eu era a única pessoa que conhecia o verdadeiro segredo de Adam — e mesmo assim o aceitava —, tornou-se natural para ele me ajudar a

---

[1] Nota da autora: *Sidekick,* do inglês, significa ajudante ou companheiro. Na narrativa representa o amigo de um personagem importante. Exemplos de companheiros ficcionais são Sancho Pança (*Don Quixote*), Dr. Watson (*Sherlock Holmes*), Tonto (*O Cavaleiro Solitário*), Kato (*O Besouro Verde*), o Burro (*Shrek*) e Robin (*Batman*).

crescer dentro da multinacional, já que possuía um cargo altíssimo lá dentro.

Eu sentia como se ele tentasse me proteger de todas as formas possíveis, tanto dentro do trabalho, me mantendo acima dos assédios e defendendo as minhas costas, quanto fora dele, durante meus cursos, minhas saídas com as amigas; ou seja, sempre que eu colocava o pé para fora de casa, sentia sua presença perto de mim, zelando pela minha segurança e bem-estar. E confesso que em algumas noites eu tinha sonhos vívidos com Adam em meu quarto, aquecendo minha cama e velando pelo meu sono agitado.

Isso me fez lembrar de suas visitas noturnas e inevitavelmente suspirei...

Chegava silencioso pela porta da minha sacada, me surpreendendo onde quer que eu estivesse, me prendendo sobre o colchão, destruindo meus pijamas, amarrotando meus lençóis, clamando meus lábios, devorando meus gemidos, possuindo o meu corpo...

Senti um arrepio percorrer minhas costas e controlei um novo suspiro. Pelo visto, eu deveria estar em crise de abstinência, pois não conseguia parar de pensar nele e no que aquele homem era capaz de fazer comigo.

Ergui meus cabelos longos e os amarrei num coque improvisado, permitindo que a brisa suave refrescasse o meu pescoço suado. Apesar do vento singelo, ainda sentia a minha pele quente.

Por que, mesmo distante, ele fazia o meu corpo reagir daquela maneira? Eu só estava pensando nele e já sentia calores?!

Bufei e voltei para dentro. Perambulei a esmo pelo quarto até decidir ir ao banheiro da suíte para jogar um pouco de água gelada no rosto. Arranquei o robe e o larguei sobre a cama.

O contato do líquido frio na minha pele quase me fez suspirar de alívio. E, além de molhar a face, acabei umedecendo o pescoço, o colo do peito e os pulsos. Estava cogitando seriamente a hipótese de me jogar debaixo do chuveiro, quando ouvi o som suave de passadas pelo meu quarto.

Imediatamente parei o que estava fazendo e fechei a torneira. Nem mesmo me importei em pegar a toalha para me secar; apenas girei sobre os calcanhares e quase corri até a porta para constatar quem era.

Senti o coração dar um pulo louco dentro do meu peito quando confirmei minhas suspeitas e o vi sentado em minha cama, com meu robe em mãos.

— Seu perfume está diferente — comentou sem olhar para mim, detendo-se em analisar a peça de roupa em seu poder.

— Adam... — sussurrei ansiosa.

— Mas o seu cheiro... — levou o robe até o rosto e sorriu. — Ah, o seu cheiro! Esse continua exatamente o mesmo. — E quando seus olhos se voltaram para mim, senti meu corpo vibrar. — Me pergunto o que mais continua igual...

Ele se levantou e jogou o que tinha nas mãos sobre o colchão. Cada passo que dava na minha direção fazia o meu coração se agitar loucamente. Meu corpo parecia pulsar, clamando por seu contato.

Eu não resisti e acabei saltando sobre ele quando faltavam pouquíssimos centímetros entre nós. Agarrei seu pescoço e senti seus braços fortes me envolverem, mantendo meus pés acima do chão.

— Adam! Você voltou! — exclamei alegre. — Por que sumiu? — Choraminguei assim que o senti me baixar, permitindo-me tocar o piso.

— Foi você quem me mandou embora — acusou chateado, o que me fez segurá-lo com mais força. Desci meus braços até sua cintura e o agarrei firmemente, impedindo que me soltasse.

— Mas não imaginei que fosse desaparecer assim! — lamuriei enterrando o meu rosto em seu peito, umedecendo sua camisa com o pouco de água que restara em minha pele.

— Eu disse que precisava partir — lembrou. — Estava sendo perseguido, haviam descoberto onde eu morava. E logo descobririam sobre você! — Senti que ele me apertava mais contra o seu corpo. — Se não fosse embora, seria pior.

— Você me abandonou... — gemi.

— Letícia. — Ele ergueu o meu rosto e vi o quão dura estava sua expressão. — Pare de tentar me fazer sentir ainda pior do que já estou — pediu num grunhido.

— Mas é verdade! — retruquei teimosa.

— Claro que não! — ele ralhou. — Eu a chamei para vir comigo. Jurei protegê-la, mantê-la segura! — Ele segurou meu rosto entre suas mãos, impedindo que eu desviasse o olhar. — Quando negou e escolheu ficar, tive que bancar a isca e levá-los para longe. Foi você quem escolheu nos separar...

— Achei que seria algo provisório, que logo o veria novamente na empresa ou que viria me visitar — lamentei. — Sei que sou teimosa, mas eu realmente estava visando o meu futuro; eu queria viver. E você não pode me culpar por me escolher acima da sua vida absurda!

— Eu sei... — ele gemeu. — E não a culpo por isso. — Soltou meu rosto e voltou a me apertar contra o seu corpo. — Na verdade, senti orgulho por vê-la tomar essa decisão. Mostrou-me o quão forte e decidida é. — Ele sorriu para mim. — Sua teimosia e força me fizeram amá-la loucamente. Por isso ainda sofro pelos dias que ficamos separados...

— Adam... — Beijei seu pescoço. — Por que demorou tanto?

— Tive que cuidar deles — respondeu depois de soltar um leve gemido. Aparentemente, eu ainda sabia quais eram seus pontos fracos.

— E como fez isso? — Beijei o outro lado e senti suas mãos descerem até meu quadril.

— Você quer mesmo saber?

Ergui o olhar e vi que seus lindos olhos verdes haviam

assumido uma coloração avermelhada, como se clamasse por sangue.

— A nossa sorte foi não terem tido tempo o bastante para descobri-la, pois planejavam usá-la para me atingir. E ninguém, absolutamente NINGUÉM, sairá impune caso se atreva a sequer tocar num fio de cabelo seu!

Suas mãos firmes me agarraram com intensidade e eu estremeci. A rigidez de seu corpo parecia amolecer o meu. Não sabia se era a saudade forte ou simplesmente luxuria. E quanto mais eu o sentia, mais o desejava com fervor!

— Mesmo que não a tenham encontrado, a insistência deles me deixou nervoso. — Ele rosnou. — Eles forçaram uma situação que a fez sentir medo e solidão. Isso jamais deveria acontecer! — bradou nervoso.

Sua voz assumiu um tom espantosamente mais animalesco, provavelmente por conta da raiva que deveria estar sentindo pelo que ousaram pensar em fazer comigo.

— Jamais permitirei que façam isso novamente. Nunca irão se aproximar tanto quanto quase se aproximaram daquela vez. — Então ele continuou num timbre que agora soava mais afável. — Eu vivo para protegê-la e isso inclui sua liberdade, seu livre arbítrio, o seu coração...

— Adam! — Não aguentando mais, acabei puxando-o para o beijo que eu tanto aguardara.

Eu sabia que tinha tomado a decisão certa; no entanto, desde que ele partira, não conseguira me sentir completa. E naquele momento parecia que o meu todo tinha voltado, como se novamente pudesse ser eu mesma por inteiro.

Nós nos beijamos com sofreguidão. Seus lábios se moviam com experiência sobre os meus, sorvendo e mordendo a ponto de me fazer implorar para que intensificasse o contato.

— Senti tanto a sua falta... — ele gemeu entre um beijo e outro. — Ah, Letícia...

Ele desceu um pouco mais as mãos e me ergueu no ar, fazendo com que me agarrasse aos seus ombros e envolvesse sua cintura com as minhas pernas.

—Adam... — Impaciente, eu o apertei e ordenei: — Me beija!

Senti quando ele sorriu e, acatando minha ordem, voltou a me beijar com avidez. Desta vez não demorou em usar seus dons franceses sobre mim, aprofundando o beijo da forma como eu desejava, deixando de usar apenas seus lábios deliciosos. Eu pulsava cada vez mais. O fôlego escapava de meus pulmões e mesmo sem conseguir respirar direito, eu não queria parar. Não queria que ele parasse!

De repente ele me jogou sobre a cama, me surpreendendo. Adam aproveitou o momento para arrancar a camisa antes de posicionar o seu corpo sobre o meu. Seus olhos haviam voltado à cor verde; entretanto era perceptível o fato de que seus caninos tinham crescido.

Apesar daquela não ser a primeira vez que o via em tal forma, eu continuava a me surpreender. Aquilo era um lembrete muito real do que ele verdadeiramente era... Um vampiro!

Passei a mão por seus braços musculosos e estremeci. Eu não queria imaginar o que ele fizera com os seus perseguidores. Pelo que já havia me contado, Adam era um vampiro extremamente poderoso e influente, e era por esse motivo que normalmente caçadores o perseguiam. Até mesmo alguns de seus iguais visavam derrubá-lo para assumir sua posição hierárquica. Ao que tudo indicava até criaturas como eles seguiam normas de uma sociedade organizada, na qual alguns com poder podiam comandar a vida e as ações da maioria, criar regras, mandar e demandar.

Foi por minha causa que Adam acabou ficando mais tempo do que o previsto em Rio do Fogo[2]. E quando o identificaram, acabaram descobrindo que ele possuía uma amante, já que, aparentemente, o meu cheiro estava impregnando nele. Por esse motivo planejaram me usar para atingi-lo. Foi por causa disso que, sem saber, eu me tornara um alvo.

— Assustada? — perguntou confundindo meu tremor com medo.

Ergui uma das mãos e passei por seus caninos, testando suas

---

[2] Nota da autora: Rio do Fogo é um município brasileiro do estado do Rio Grande do Norte. Possui uma área territorial de 150 km² e sua população era, conforme estimativas do IBGE de 2019, de 10.848 habitantes. A cidade possui uma subsidiária da Iberdrola, uma empresa espanhola que atua na distribuição de gás natural e na geração e distribuição de energia elétrica.

pontas longas e afiadas. Sorri para ele e mordi meus próprios lábios de forma sugestiva.

— *"Assustada"*? Não é exatamente essa a palavra que me descreveria agora... — Sussurrei, descendo as mãos por seu abdômen firme, prendendo os dedos sob seu cinto. — Ansiosa... ávida... — comecei a citar, enquanto desprendia a fivela e desabotoava o botão — sedenta... faminta... — desci o zíper de sua calça e o vi respirar fundo — saudosa... apaixonada... — Seus olhos focaram nos meus e em segundos seus lábios me atacaram novamente.

Tentei continuar a tirar sua calça, mas suas mãos ergueram as minhas e as mantiveram presas acima da minha cabeça. Resmunguei indignada; no entanto ele somente riu, passando a mordiscar minha orelha e meu pescoço, cessando minha queixa.

Com uma das mãos, ergueu a regata do meu pijama e, satisfeito por confirmar que eu estava sem sutiã, começou a acariciar meus seios. Fui levada por seu toque e quase perdi completamente o fôlego quando senti sua boca sobre a minha pele sensível, substituindo seus dedos por seus lábios.

—Tão linda... — sussurrou e me deixou toda arrepiada.

E quanto mais eu gemia, mais ele os mordicava e sugava. Fez com que me contorcesse, implorando para que me soltasse e permitisse que eu participasse também.

— Adam, por favor... — Suspirei e apertei seu corpo entre minhas coxas grossas.

Finalmente atendendo às minhas suplicas, ele soltou minhas mãos. Uma vez livre, arranquei minha regata, impaciente para tirar aquela peça indesejável de roupa de vez do meu caminho. Rindo da minha urgência, Adam nos girou pelo colchão e me induziu a ficar sobre ele.

— Sou todo seu, Letícia — sorriu. — Somente seu para fazer o que quiser. — Ele passou as mãos pelas minhas pernas e as acariciou.

Sorri de volta e, sem parar para pensar, arranquei sua calça de uma vez. Também joguei para longe o meu short, deixando nós dois com apenas uma peça de roupa íntima cada. A expectativa do momento me deixava ansiosa.

Voltei a me posicionar sobre ele e acariciei seus músculos por alguns segundos antes de beijá-lo com volúpia. Não sei exatamente em que momento começamos a nos mover, mas eu podia sentir algo começando a ebulir dentro de mim, que me deixava cada vez mais excitada e frenética. Em questão de segundos nos vimos totalmente nus, induzindo nossas mãos a explorarem o corpo um do outro e nos levando à loucura! Eu estava borbulhando por dentro. Minha pele fervia e se arrepiava o tempo todo. Os gemidos e grunhidos que escutava vindo dele estavam me tornando numa mulher sedenta.

Quando não estávamos mais aguentando, Adam me agarrou e me posicionou, conduzindo minhas ações seguintes. E assim que o senti dentro de mim, quase suspiramos aliviados e desejosos.

Tudo recomeçou devagar, como se estivéssemos tentando

saborear o momento, tentando prolongar a sensação de completude. Entretanto a breve satisfação logo se desfez e me vi presa a impulsos cada vez mais carnais, que nos faziam acelerar gradativamente em movimentos lacônicos e eróticos.

Já era impossível descer, pois eu ia sendo levada ás alturas, e quanto maior a altitude, maior era a vontade de chegar ao topo, de atingir o pico! Sôfrega, as palavras vinham apenas em gemidos. Minhas unhas deixavam marcas vermelhas em sua pele suada, nossos encontros me alucinando e me impulsionando.

Abri e fechei os olhos inúmeras vezes, sem saber ao certo como reagir ao que estava desesperadamente crescendo dentro de mim. Encarei Adam e o vi me observar faminto. Ele se sentou sem nos fazer parar e roçou seus caninos pelo meu pescoço para me provocar.

— Letícia... Ah, Letícia... — gemeu ao pé do meu ouvido e eu suspirei, entregue.

Suas mãos passaram a me estimular e percebi que queria me fazer chegar logo ao auge, arremessando-me com mais velocidade às alturas. Adam deveria estar prestes a alcançar o seu limite e não queria que isso acontecesse apenas com ele. Deduzi que desejava que chegássemos juntos.

Com tantos movimentos, estímulos e gemidos percebi que não aguentaria mais. O meu coração parecia que iria explodir e meu corpo se partir em clímax. Quando o orgasmo finalmente me atingiu, joguei a cabeça para trás, incapaz de controlar meus gritos.

Segundos depois senti as presas de Adam perfurarem a minha pele. Mas não houve incômodo algum. O meu júbilo era tão intenso que a breve dor que sua mordida me causara, pareceu somente aumentar a minha excitação.

Pude ouvir seus uivos abafados em minha pele, enquanto parte do meu sangue era sugado. De alguma forma sobrenatural e inexplicável para mim, aquilo parecia liberar endorfinas e adrenalina na minha corrente sanguínea, o que me mantinha nas nuvens por mais tempo do que deveria.

E ao descermos de nossa euforia, Adam me soltou e passou a dar leves beijos sobre a mordida até que as pequenas feridas se fechassem em minúsculas marcas.

Exausta, desabei sobre seu peito e carinhosamente fui amparada. Com a respiração pesada nos deitamos sobre a cama e nos aninhamos um ao outro com satisfação, desfrutando daquele momento extremamente íntimo e cheio de significado.

Enfim estávamos juntos novamente. Completos mais uma vez!

— Adam... — sussurrei com o rosto escondido na curva de seu pescoço.

—Hum... — ele resmungou cansado.

— Você vai embora? — A pergunta pareceu deixar um gelo incômodo sobre o meu peito.

Por mais que desejasse viver, por mais que estivesse certa em me colocar em primeiro lugar, eu não queria mais passar pela falta dele ao meu lado. Não queria mais aquela saudade. Aquilo não era abstinência de sexo. Na verdade, era abstinência de me sentir inteira, de completude. Não aguentava mais me sentir carente e ficar desejando aquela sensação de estar inteira outra vez.

— Quer que eu fique? — Confirmei com um movimento de cabeça. — É o que realmente deseja?

— Eu não quero mais ficar sem você — murmurei. — Não quero mais a sensação de ter uma vida sem sentido. — Ergui o rosto para encará-lo. — Agora eu sinto que só consigo ser eu mesma com você perto de mim, me lembrando do seu amor, me dando o seu apoio.

— Letícia... — Ele me abraçou com ímpeto. — Nunca mais vou deixá-la — beijou o topo da minha cabeça. — Eu já disse que sou seu, pode fazer o que quiser comigo! — Afundou o rosto em meus cabelos. — Se quiser, pode arrancar o meu coração e arremessá-lo aos lobos; não me importo! Faça o que desejar, desde que isso a faça feliz e que a deixe segura.

Bati em seu peito, incomodada com o tamanho do drama em sua confissão. Ele riu e me beijou com brandura.

— Parece exagero, mas é verdade. — Adam me beijou mais uma vez. — Sou seu e apenas seu... — Ergueu minha mão e mordiscou o meu pulso. — Você deve ter jogado um feitiço sobre mim, pois não consigo mais voltar ao que eu era — suspirou. — Mesmo que isso fosse o melhor para mim, simplesmente não consigo... — Acariciou meu rosto. — Por você eu deixei de ser um monstro. Lembrei-me o que é ser um homem, o que é ser um humano. — Roçou os lábios sobre os meus. — Muito obrigado, Letícia, por me devolver quem eu era antes de ser um vampiro.

Eu o puxei para mim e o beijei com todo o amor que era possível lhe entregar. Nossas almas pulsavam em uníssono, em harmonia, e sabíamos que mais ninguém poderia nos oferecer aquela sensação. Éramos únicos separados, porém excepcionais juntos!

— Tem alguma coisa importante para fazer amanhã? — Perguntou assim que nos separamos um pouco.

—Importante? — Tentei me lembrar de algo, contudo, nada me veio à cabeça. — Acho que não... Por quê?

— Porque assim que o seu despertador tocar, você vai ligar para o serviço, dizer que está se sentindo indisposta e vai usar uma de suas inúmeras horas extras para ficar em casa. — Ele sorriu malicioso.

— Ah é? Vou fazer exatamente isso? — Ri. — Que interessante...

— Ainda estou com saudade e nem um pouco satisfeito. Eu preciso de mais do seu corpo, do seu carinho, do seu sorriso, do seu amor... Eu preciso de você — ele choramingou e me encheu de beijos amorosos.

— Parece que amanhã teremos o dia todo só para nós — confirmei radiante por notar que eu não era a única a me sentir daquela forma. — O que faremos? — perguntei curiosa.

— Ficaremos aqui até saciar completamente o meu apetite por você — ele riu travesso e me ergueu da cama. — Mas antes do dia amanhecer sugiro tomarmos um banho.

— Isso seria bom; preciso mesmo relaxar na água quente... — suspirei, deixando que me carregasse até o banheiro.

— E quem falou em relaxar? — Ele piscou para mim de forma sugestiva e senti meu corpo se acender novamente. Pelo visto eu não estava tão exausta quanto achei que estivesse.

Fabi Zambelli nasceu
em Jundiaí. Fascinada
por literatura desde
pequena, aos
12 anos começou a
escrever pequenos
livros, cujas histórias
surgiam de seus
sonhos. Formada
em Jornalismo,
trabalha como
assessora de
imprensa e ministra
aulas de Escrita
Criativa, ainda
sonhando com
o dia em que,
integralmente,
será a responsável
pelo nascer de
novas mentes em
novos universos.

IG: @world.fabi.books

FABI ZAMBELLI

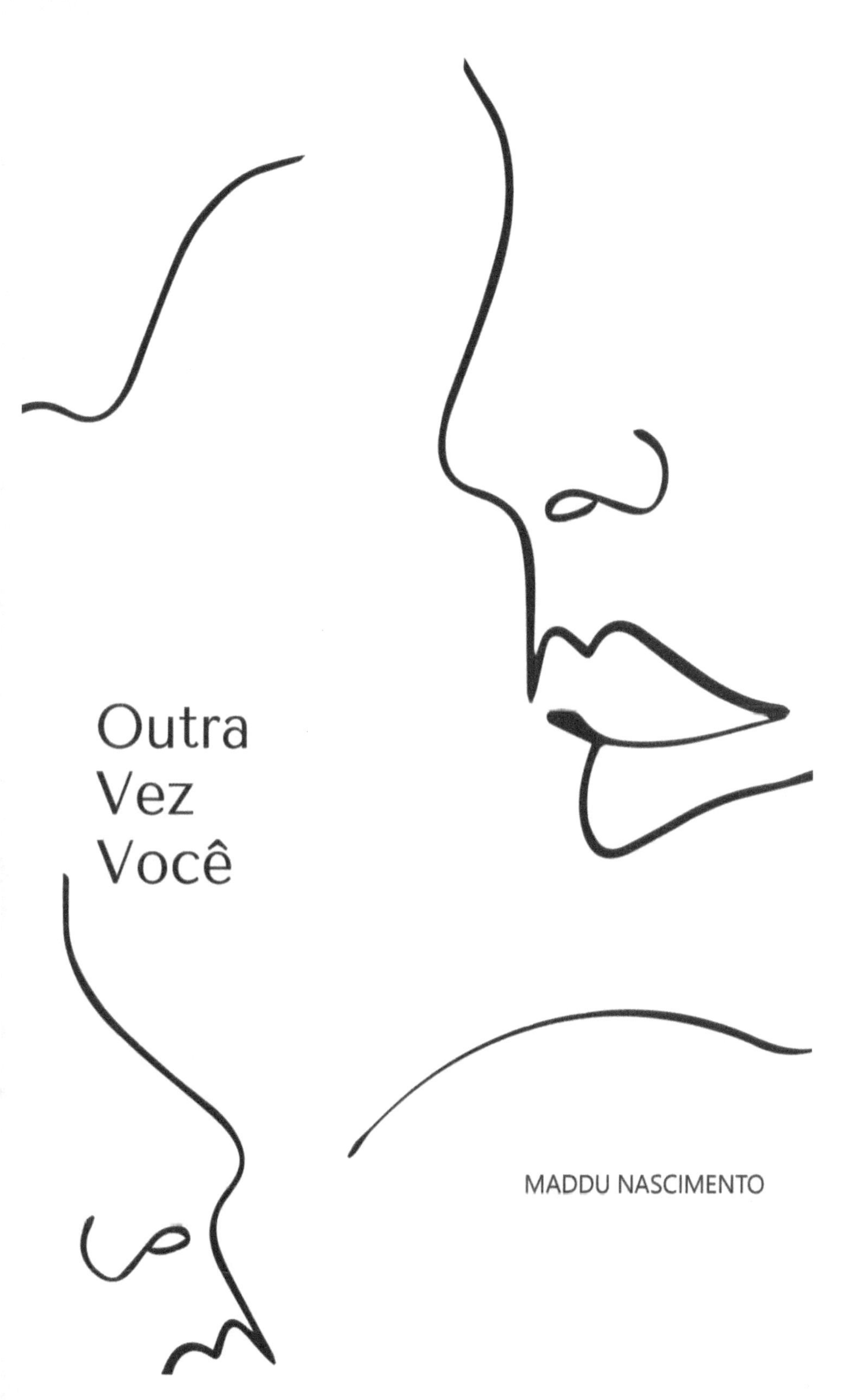

Outra
Vez
Você
MADDU NASCIMENTO

Era engraçado como nós, em nossa vida efêmera por aqui, acabávamos nos contentando com tão pouco. Acabávamos subestimando tudo o que merecíamos de verdade, pelo simples fato do medo, ou pior, por costume. Eu era uma dessas pessoas, e estava tentando me autoavaliar antes de conseguir seguir em frente.

Então vamos por partes. Eu era uma mulher de meia idade que perdera toda a juventude. Eu havia casado cedo demais e com o meu primeiro namorado. Nunca tive a que comparar a maneira como ele me tratava; mas observando agora, era uma maneira de merda.

Eu era mãe de três lindos filhos e dona de casa. E era isso. Essa era eu. Eu não tinha mais nenhum papel na sociedade e nem como esposa eu me identificava mais. Meu marido e eu dormíamos em camas separadas há anos. Ele não me via mais como uma mulher carente de um toque. Ele só me via como mais um fardo. O que importava era ter comida e roupa lavada; mas para mim isso não era mais suficiente.

Estava terminando de vestir uma lingerie vermelha que havia comprado há tempos, mas nunca usara. E enquanto me olhava no espelho, me imaginei em um ambiente totalmente diferente do que eu vivia.

Eu necessitava de algo novo, de algo que fizesse minha adrenalina avançar. Eu precisava de algo que fizesse minhas pernas ficarem bambas, sentir o calor e o fogo do contato humano que todas as minhas amigas falavam que sentiam, menos eu. Não. Nunca.

Queria me sentir desejada outra vez. Eu precisava me sentir linda outra vez. E por Deus, eu precisava muito saber o que era um sexo de verdade pela primeira vez.

À medida que meus pensamentos mudaram de rota, eu me apressei em sair daquela casa que havia alugado recentemente. Peguei meus filhos e entramos juntos em um táxi.

— Aonde você vai assim, mamãe? — minha garotinha mais nova perguntou enquanto avançávamos naquele trânsito à noite.

— Eu irei encontrar umas amigas, e por isso preciso que fiquem com o papai — eu disse olhando para a cara dos meus três filhos.

Carolina, de quinze anos, apenas revirou os olhos. Mateus continuava a encarar a tela do celular e não deu a mínima. Isadora, de quatro anos, assentiu freneticamente e eu sorri.

Estava ansiosa, nunca havia saído daquela maneira, para encontrar amigas, jogar conversa fora e beber. Eu me considerava velha demais para isso. Eu me considerava velha demais para muitas coisas, quando na verdade, se eu ainda estava viva, era porque eu era jovem o suficiente para aproveitar cada momento.

— Bem, chegamos — eu avisei assim que o carro parou. — Vocês se comportem, está bem? Eu voltarei amanhã, logo cedo, para pegar vocês. Carol, fique de olho nos seus irmãos. Mateus, nada de ficar até tarde acordado com esse celular. E Isa, não se esqueça de escovar os dentes antes de ir dormir.

Os três pares de olhos castanhos me encararam de volta, me falando que estava tudo bem e já tinham entendido. Porque talvez, só talvez, eu já tenha dado aqueles recados a eles mil vezes em cada situação que eles ficaram distantes de mim.

Então, depois de eu ter avisado tudo mais uma vez, abri a porta do carro e segui até a frente da casa em que eu morara. Notei pela janela que havia apenas uma luz acesa na cozinha. Instantes depois dos meninos baterem na porta ela foi aberta e o meu ex-marido apareceu. Ele pareceu confuso ao me ver ali com as crianças.

— Você voltou? - Ele deu um sorriso que não me direcionava há anos, enquanto nossos filhos entravam correndo dentro da casa.

Nem em seus maiores sonhos, eu pensei.

— Eu não vou voltar — eu disse simplesmente. — Hoje é sua noite com as crianças. Espero que ao menos hoje você possa se desgrudar do trabalho e dar atenção a elas. Tudo o que elas precisam está em suas mochilas. Amanhã, antes de você ir para o trabalho, eu volto para buscá-las. Boa noite.

Eu comecei a me afastar enquanto ainda sentia o meu

coração bater forte sobre os meus ouvidos. Não era por estar na frente dele; era por finalmente não me sentir frágil e cautelosa em sua frente.

— Daniela? — Sua voz me chamou quando eu já estava a uma distância relativamente segura dele.

Me virei para ele, observando o ruivo do meu cabelo cair sobre o outro ombro e levantei a sobrancelha, esperando-o continuar.

—Volta—ele pediu.

Eu apenas sorri e segui até abrir a porta do carro novamente.

— Você só está me pedindo para voltar porque está arrependido, não porque sente minha falta—eu disse.—E eu não irei mais aceitar migalhas.

Foi assim que eu entrei naquele carro e fui encontrar minhas amigas.

Aquele bar estava relativamente cheio para uma quinta-feira à noite e eu me perguntei se todas aquelas pessoas não iriam trabalhar no dia seguinte. Havia passado muito tempo desde que eu visitara um lugar descontraído como aquele, com música alta e bebidas sendo servidas em exageros. Acho que a última vez que eu havia visto algo parecido fora em minha formatura do colegial. E, céus, aquilo parecia ter sido em outra vida.

—Então, Dani, está preparada para atacar?—Kátia, a minha

amiga que estava ao meu lado, falou discretamente em meu ouvido.

— Eu arrisco dizer que eu não sei fazer isso — respondi sorrindo entre os dentes. — Você sabe que...

— Opa, opa! Temos regras! — Érica disse com a voz alta, entrando em nossa frente. — Essa noite é nossa, portanto é proibido falar de idiotas que quebraram nossos corações e nos tornaram inseguras. Nós somos a dona disso tudo, ok? E é a única coisa que precisamos lembrar.

—Ok, nossas regras — Kátia e eu falamos juntas, sorrindo.

Eu e as minhas amigas seguimos até a bancada do bar e pedimos nossas bebidas ao barman. Na verdade elas pediram para mim porque eu não conhecia quase nada de álcool. Mas bem, havia chegado o meu momento de descobrir. E se fosse pelo gosto adocicado e que conseguia queimar um pouco no fundo da garganta da bebida que eu acabara de experimentar, eu iria repetir aquilo outra e outra vez.

— E aí, gatinho? Você está solteiro? — Érica começou a flertar com o barman e eu segurei o riso.

Eu gostaria de ter sua coragem, mas eu não conseguia manter minha mente focada em muita coisa. Sobretudo quando eu secava o meu copo com velocidade.

— Dani, seja discreta, mas aquele cara ali da esquerda, vestindo uma camisa de mangas longas preta, não para de te olhar.

Eu sorri comigo mesma e estava prestes a negar e dizer que

provavelmente ele estaria olhando para ela, quando eu encarei aquele homem a alguns metros de distância de mim. Eu pude sentir meu coração batendo forte sobre os meus ouvidos. Não sabia se era por conta da música alta, dos jogos de luzes ou pelo álcool em minhas veias, mas eu tinha a sensação de que o conhecia de algum lugar. A maneira que o seu corpo se movia e a sobrancelha se arqueava ao olhar para mim era familiar.

— Faz sinal para ele vir até aqui — Kátia sussurrou ao meu lado.

— O quê? — eu gritei em seu ouvido. — O que eu posso fazer?

Kátia se levantou daquele minibanco abruptamente, parou à minha frente e olhou profundamente em meus olhos, enquanto baixava meu vestido preto para o decote entrar em destaque.

— O que você está fazendo? — Eu comecei a sorrir por alguma razão.

— Você está pronta. Agora só precisa olhar para ele, abrir um sorriso misterioso e depois tirar os olhos dele e continuar bebendo como se não o tivesse esperando.

— E isso vai funcionar? — Engoli em seco.

— Depois você nos conta. — ela piscou os olhos e arrastou Érica para o lado oposto daquele bar.

Oh, droga! Como eu iria fazer aquilo?

Olhei mais uma vez para o tal homem, mesmo que estivesse

longe de mim, para ver se aquele vexame todo valia a pena. Ele tinha ombros largos e batia levemente os seus dedos em um copo de vidro e eu não sabia bem o porquê, mas eu queria que aquele copo fosse o meu corpo. Então, tomando uma dose de coragem e secando o meu copo mais uma vez, eu fiz o que Kátia me ensinou minutos atrás. Senti o meu coração batendo forte à medida que a expectativa me invadia. Será que ele havia entendido? O que eu faria?

— Me chamou? — uma voz grave chegou até os meus ouvidos.

Engoli em seco e me virei para encarar aqueles belos olhos, azuis como um oceano que poderia me fazer afundar. Afundar e morrer.

— Então você entende de linguagem corporal? — tive coragem em abrir a boca.

Ele franziu a testa quando escutou minha voz e deu um sorriso de lado. Aquilo me deixou quente.

—Arrisco dizer que sim — ele respondeu e eu gargalhei.

Ele continuou me encarando, mas sua testa permanecia franzida, e agora os olhos estavam cerrados. Aquela expressão me era intimamente familiar.

—Daniela? — ele chamou meu nome, e eu engoli em seco.

Puta merda! Era óbvio que eu havia o reconhecido. Aqueles olhos azuis continuavam iguais depois de todos esses anos.

— Gregory? — chamei seu nome de volta, mais surpresa do

que eu deveria. — Como sabe que sou eu?

— Conheceria essa risada e essa voz rouca em qualquer lugar — ele respondeu e pediu mais uma bebida ao barman. — E você? Como sabia que era eu?

— Os seus olhos — eu respondi de volta.

E bem, a única coisa que poderia ser reconhecida nele era aquele par de olhos belos, pois ele estava totalmente diferente daquilo que um dia eu já conhecera. Ele estava com uma barba cheia, músculos fortes em seus braços e o cabelo loiro estava úmido e penteado para trás. Quanto tempo havia passado?

— Faz vinte anos que eu não a vejo. Quais as chances disso acontecer agora? — Ele respondeu minha pergunta e teve a mesma dúvida que eu.

Gregory e eu éramos inseparáveis no colegial, éramos unha e carne até ele se declarar para mim, no último ano, quando eu já namorava meu ex-marido, e tudo ter ficado estranho, fazendo cada um seguir seu destino. Naquele momento eu me perguntei por que havia deixado meu melhor amigo escapar por entre minhas mãos daquele jeito. Mas tudo havia passado. Tudo havia mudado e eu precisava deixar aquilo para trás. Afinal, era a regra da noite.

— O que você anda fazendo? — eu quis saber. — Conseguiu se tornar arquiteto?

— Tive outros sonhos — ele deu de ombros. — Na verdade, estou aqui comemorando a nova firma de advocacia que estou abrindo na cidade.

Eu estava surpresa por saber que ele estava de volta à cidade. Eu estava surpresa por ele estar na minha frente e eu ainda conseguir sentir a confiança e o respeito que sempre existiram entre nós. E foi por coisas assim que eu não notei o tempo passando enquanto jogávamos nossas conversas fora. Não notei que eu já havia bebido demais até começar a rir do nada e estar achando Gregory mais bonito a cada segundo que se passava.

— Eu preciso voltar para casa — me ouvi falando cerca de duas horas depois. Gregory me segurou em seus braços.

— Você não está muito boa para dirigir. — Ele sorriu.

— Ótimo, porque eu não tenho carro. — Eu sorri de volta e tentei procurar minhas amigas naquele bar, mas não as avistei.

— Vem cá. — Gregory pegou a minha mão e estava começando a me guiar para fora daquele bar quando eu parei de andar.

— Me dê um instante — eu pedi e saí correndo para o banheiro.

Fazendo Gregory esperar mais do que o normal, eu saí daquele banheiro minutos depois de me recuperar psicologica e fisicamente do que aquele reencontro estava me causando. E eu estava um pouco mais sóbria, então ele me guiou até a garagem. Dezenas de carros estavam estacionados e aquele lugar estava mais escuro do que o esperado.

—Eu posso levar você para casa — ele disse simplesmente.

O quê? Não. Ele não podia simplesmente me levar para casa. Porque naquele instante eu estava nervosa e ao mesmo tempo ansiosa esperando que ele me beijasse. Ele não havia me levado até àquela garagem escura e deserta apenas para me mandar ir embora.

De todo modo, tomei a coragem que o álcool ainda me permitia e dei um passo para frente até sentir o seu corpo muito perto do meu; Gregory apenas me abraçou.

O quê??? Ele não havia percebido a minha real intenção? Será que eu era tão ruim assim flertando? Não acreditava que havia sido à toa eu ter me produzido toda, acabado com meu pote de perfume e escovado meus dentes umas trezentas vezes para ganhar um abraço. Mas para ser sincera eu estava reclamando precipitadamente, pois bem na hora daquele abraço, Gregory apenas segurou meus cabelos em um puxão e me fez olhar no fundo dos seus olhos.

Puta que pariu! Sentia que poderia explodir com aquela simples atitude. Aquilo me deixou mais excitada do que eu deveria.

Gregory voltou a se aproximar de mim e beijou a minha bochecha esquerda e depois a outra. Em seguida passou o nariz e os lábios pelo meu pescoço me fazendo suspirar e sentir todos os músculos do meu corpo flexionarem. Ele mordeu o meu queixo e finalmente chegou à minha boca. Fechei os meus olhos esperando o beijo fatal que iria me fazer voar como faíscas, mas isso não aconteceu: ele apenas deu uma risada provocativa.

Droga; ele sabia que eu já estava louca. Minha respiração ofegante e o suor em minha testa não negavam. Mas então ele me pegou desprevenida com um beijo delicioso e gentil. Eu podia sentir as faíscas voando! Nossa! Como apenas um beijo era capaz de causar tanto alvoroço?

Se afastando rápido demais, Gregory tirou o meu cabelo do rosto, me olhou nos olhos e eu soube que algo extraordinário estava prestes a acontecer. Ele me puxou para perto, me fazendo ficar bem juntinho dele, e tudo ficou confuso, molhado, quente. Eu só quis deixar rolar. Então como se entendesse o meu pedido silencioso, ele mordeu meu lábio inferior e finalmente sua língua entrou na minha boca. E à medida que sua língua cruzava com a minha, tudo era rude, selvagem. Não era mais gentil; era fumegante. E eu estava ciente que nunca, em toda minha vida, eu havia sentido algo parecido. E droga, eu queria muito mais.

Naquele momento tudo o que eu pensava era como seria a sensação de tê-lo dentro de mim, pulsando da maneira como ele estava fazendo meu coração pulsar. Mas em qual lugar dali eu poderia senti-lo sem toda aquela roupa? Tudo que nos restava naquele instante era aquela garagem, era o carro atrás de nós e eu não achei isso uma ideia ruim. Então para deixar claro o que eu queria, eu peguei suas mãos e coloquei em minha bunda. Gregory levantou os olhos para mim e pareceu ter me entendido de imediato, pois ele pegou minha mão, abriu a porta da frente do carro e me colocou deitada. Eu sorri para ele porque estranhamente não estava tímida. Eu sentia uma conexão, como se nossos corpos se conhecessem há anos, mesmo que a sensação de ter todo o meu corpo em chamas fosse nova. Gregory estava me levando para algum lugar aonde eu nunca havia ido. E aquele era um caminho traiçoeiro. E bem, eu aceitava, porque aquilo estava bom demais para acabar tão rápido.

Ele deitou por cima de mim e eu passei as minhas pernas em volta do seu quadril. Ele continuou a me beijar, me provocar com os gemidos roucos do fundo de sua garganta.

—Você faz ideia de quanto tempo eu quero fazer isso — ele sussurrou na minha orelha e mordeu a minha pele. Gemi.

Gregory deslizou a mão por dentro do meu vestido e seguiu até os meus seios, e eu simplesmente não tive reação, porque no mesmo momento ele mordiscou logo ali e começou a passar sua língua de maneira experiente. Droga, eu poderia explodir naquele instante. Com impaciência, Gregory me ajudou a me livrar daquele vestido e em seguida voltou à sua doce tortura com seus lábios quentes em meus seios, e a cada segundo ele melhorava. Eu não sabia o que ele estava fazendo, mas a sua performance me fazia ver estrelas toda vez que eu fechava os olhos; e era simplesmente impossível segurar os meus gemidos. Sua intensidade aumentou e eu senti os meus batimentos cardíacos acelerarem, minhas pernas ficarem bambas e o meu corpo inteiro tremer. Como ele havia feito tudo aquilo apenas ali?

De toda forma, eu não tive como me recuperar ou pensar em que tipo de deus ele era para realizar tudo aquilo comigo, porque logo em seguida Gregory deslizou a minha lingerie pelas minhas pernas olhando profundamente em meus olhos. Meu Deus, o que aquele homem estava fazendo comigo? Ele poderia me matar apenas com aquele olhar, mas provando que ele era bem mais do que eu imaginei, ele deslizou dois dedos dentro de mim e eu revirei os olhos. Tudo o que eu era naquele instante eram gemidos, sensações, umidade. Puta que pariu, como aquilo era bom. Gregory continuou a fazer movimentos circulares sobre mim, ao mesmo tempo em que sua boca também me encontrou.

Porra. Eu poderia explodir e voar para uma galáxia diferente e distante. Ninguém nunca havia me beijado ali ou me tratado como se cada parte do meu corpo fosse o Santo Graal, mas Gregory estava me fazendo sentir-me a mulher mais desejada do mundo. E eu já não sabia mais quanto eu poderia aguentar. Eu sentia ondas elétricas percorrerem meu corpo inteiro, e ali estava eu, novamente com o meu corpo todinho tremendo e gemendo; gemendo o seu nome como se fosse um mantra.

Enquanto eu me recuperava, Gregory se levantou e beijou a minha boca e eu pude sentir o meu gosto em seus lábios à medida que a minha respiração se acalmava. Mas eu não tive muito tempo de me recuperar porque as minhas pernas ainda estavam bambas quando Gregory me colocou de costas e me penetrou, sem nenhuma sutileza ou aviso prévio. Gritei.

— Dani — ele gemeu o meu nome logo em seguida. — Finalmente posso sentir você.

Gregory parecia estar realizando um sonho de adolescência a cada nova investida que fazia em mim. Ele estava tão excitado quanto eu. Parecia compartilhar dos mesmos arrepios na pele que eu. E eu nunca me senti tão completa, tão cheia.

Ouvi a sua voz firme e sexy sussurrando em meu ouvido o quanto eu era gostosa, e ele me dizia tantas coisas que me pareciam errado dizer em voz alta; mas mesmo assim ele continuava me provocando, falando tudo o que ele sentia ao estar assim comigo, o que mais ele gostaria de fazer, e naquele momento eu me dei conta de que tudo o que ele quisesse fazer, eu toparia. Porque cada segundo estava melhor do que outro: a adrenalina que eu tanto esperara, o desejo ardendo em cada célula do meu corpo, da alma se deleitando no prazer carnal daquele falso deus.

Eu havia passado a ditar o nosso ritmo agora, enquanto recebia os tapas que eu sempre quis receber, e eu rebolava, provocando-o. Ouvi Gregory gemer perto do meu ouvido e fiquei orgulhosa em saber que não estava gostoso apenas para mim. Eu podia sentir a luxúria correndo pelo meu corpo, o pecado se instalando enquanto eu o sentia cada vez mais fundo em mim e sua mão marcava a minha pele pálida e puxava o meu cabelo. Eu enlouquecia com cada investida que parecia diferente uma da outra e comecei a gemer mais alto. Eu estava prestes a sentir aquelas sensações, agora familiares para mim, novamente quando Gregory colocou a mão na minha boca. E foi quando relembrei que estava fazendo aquilo numa garagem. Aquilo quase diminuiu o desejo que estava em mim, mas voltou dois segundos depois: no mesmo instante em que ele puxou meu cabelo com mais força e me deu um beijo molhado e quente.

— Goza para mim — ele disse em meus lábios.

Naquele momento eu estava prestes a dizer a ele que eu não era tão fácil assim de chegar ao orgasmo, mas não precisei de muito esforço para dizer aquilo porque de alguma maneira, aquele pedido em sua voz me destruiu e eu fiz exatamente o que ele pediu. Pela terceira vez naquela noite. Pela terceira vez em toda a minha vida. E enquanto todas aquelas sensações enchiam o meu corpo novamente, eu pensei que aquilo não seria normal, porque eu podia sentir toda a minha excitação escorrer pela minha perna. No mesmo instante, Gregory se jogou ao meu lado naquele banco apertado do carro, respirando fundo, puxando todo o oxigênio do universo para o seu peito. Não evitei sorrir.

— O que foi? — Ele virou a cabeça para me encarar e me agarrou para deitar a cabeça em seu peito.

— Isso é engraçado — eu disse.

— Engraçado é o melhor adjetivo que você conseguiu encontrar? — Sua voz estava divertida, mesmo que ainda estivesse ofegante.

Levantei o meu rosto para encarar aquele oceano em seus olhos e mordi o lábio.

— Não existem adjetivos que possam descrever — eu confessei. — Nunca senti nada parecido, não tenho nada com o que comparar. E isso que é engraçado.

Gregory parecia confuso com a minha explicação. Na verdade, até eu estava. Meus pensamentos ainda estavam desordenados.

— O que eu quero dizer é que depois de vinte anos a gente se encontra, depois de termos nos afastado por razões tão banais, e então fazemos isso. Aqui — eu expliquei voltando a deitar a cabeça em seu peito.

— Eu sabia que isso ia acontecer algum dia — Gregory falou sorrindo e eu sorri de volta. — E foi exatamente como imaginei. Na verdade, até melhor.

— Está falando sério? — Eu o encarei de novo. — É que você é a primeira pessoa com quem eu faço isso depois de... — revirei os olhos e não precisei falar o resto.

Porque mesmo estando afastados, Gregory parecia saber muito bem da minha vida. E eu, bem, contei tudo em detalhes enquanto bebíamos no bar.

— Continua sendo a Daniela incrível em tudo o que faz — ele falou e eu sorri tímida. Raramente ouvia coisas assim. — Mas acho que irei precisar sair com você mais algumas vezes para te dar uma resposta definitiva.

Eu gargalhei e deslizei os dedos sobre o desenho de sua barba.

— Você está me chamando para um encontro? — Eu semicerrei os olhos. — Depois de todos esses anos ainda vai tentar isso comigo?

— Acho que agora é tarde demais para pensar nisso. Você já me rendeu usando as mesmas armas que eu te dei anos atrás. — Gregory deu de ombros e os seus olhos brilharam. — Então acho que é outra vez você.

Eu dei um sorriso enorme e o calei com o mesmo beijo gentil que nos levou até ali.

— Posso te levar para casa agora? — ele perguntou sobre os meus lábios.

— Iremos repetir isso? — encarei-o sugestivamente.

— De novo e de novo. — Ele sorriu.

E naquele momento eu percebi que no mundo sempre iriam existir outras oportunidades, outras aventuras, outros "alguéns", outras vezes. E tudo o que a gente precisava fazer era tomar uma dose de coragem e coisas extraordinárias poderiam acontecer. Do mesmo modo que acontecera comigo.

Maddu Nascimento
nasceu no interior
de Pernambuco.
Escreve desde
os 13 anos e
atualmente é
licencianda em
Letras - Português
e Espanhol. A
escrita sempre foi
seu porto seguro
para dividir
sentimentos e
pensamentos com
outras pessoas.
Estreia oficialmente
como escritora
nesta antologia.

IG: maddu_nasc

MADDU NASCIMENTO

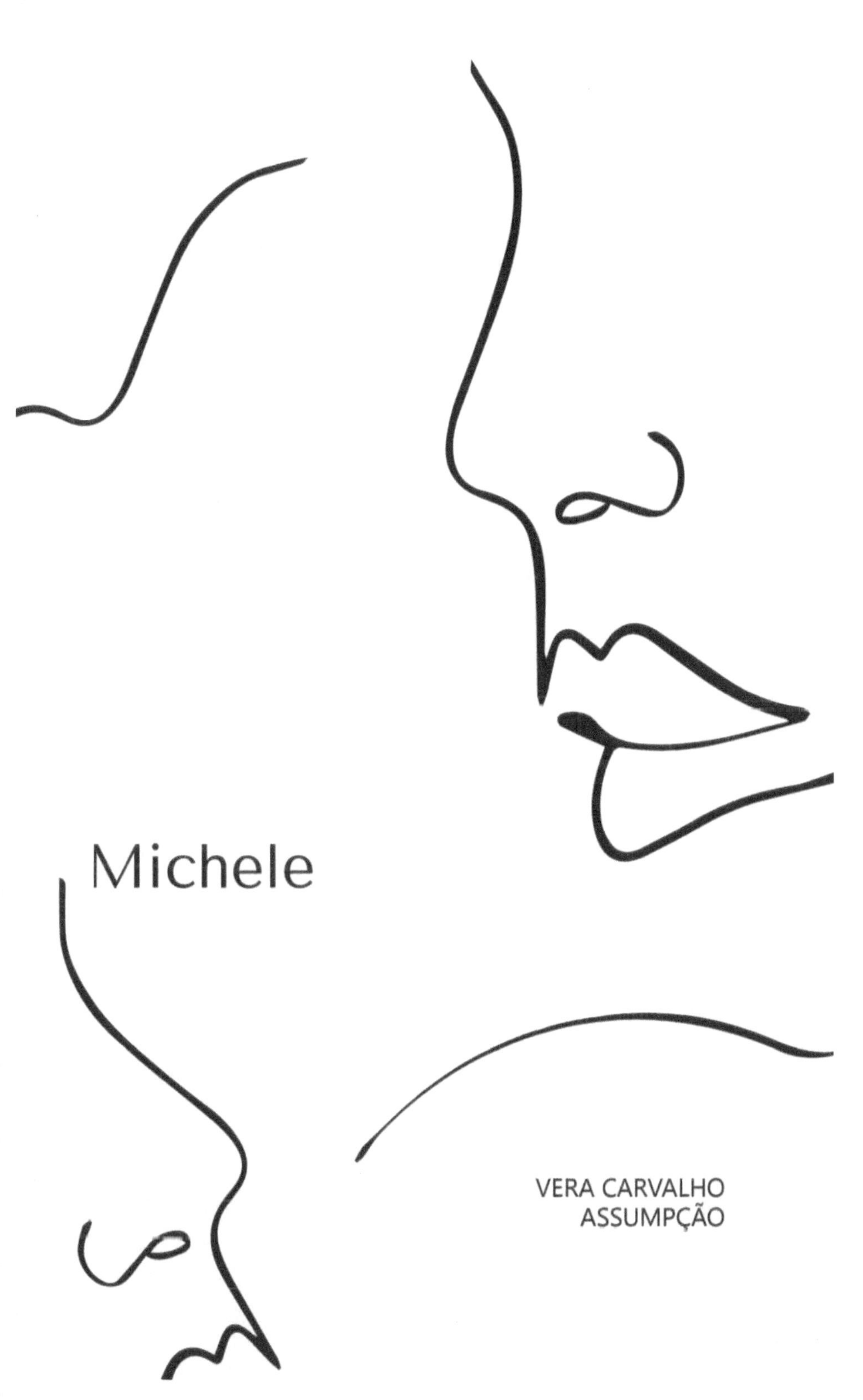

Michele
VERA CARVALHO
ASSUMPÇÃO

"Só querer transar não é um interesse menor. Nem tudo para

ser eterno tem que vir do amor." - Fabrício Capinejar

A morte de Michele abalou o fundo da minha alma. Estar ao lado do seu caixão foi um desafio. Não pelo cadáver que já não me dizia nada, mas pelo tanto de vida que ela representava.

Há muitos anos eu havia perdido contato com ela, mas ao saber que seu corpo havia sido trazido para o Brasil e seria velado e enterrado na cidade em que nos conhecemos, peguei um taxi e fui ver Michele pela última vez. No caixão, a expressão dos mortos vai se modificando com o passar das horas, e lá pelas primeiras horas da madrugada, por uns poucos segundos, pude rever seu rosto exatamente como se mantinha na minha memória.

Michele foi uma mulher de classe. Após o casamento passou a viver numa mansão no bairro do Morumbi na cidade de São Paulo. Eu era filha da empregada e presenciei a pomposa cerimônia. Minha mãe fora contratada para trabalhar na mansão. Fui junto porque não tinha onde ficar. E porque queria sair do fim de mundo em que vivíamos e ir para a cidade grande. Recém-entrada na puberdade, me senti deslumbrada pela beleza e pelo charme de Michele. O tempo em que estivemos sob o mesmo teto, eu vivi à sua volta, espreitando, deixando-me encantar por cada um dos seus gestos, por cada uma de suas palavras.

Ao lado do seu caixão, os fatos foram passando como um filme pela minha mente. Lembro como se tudo estivesse ocorrendo agora. Vejo-a nas bodas de sonho: tules, sedas, flores, champanhe. E, sete meses depois, solitária na sua alcova de cetim onde tudo tinha charme e bom gosto. Vejo-a deitada, observando o traje negro que acabava de desvestir, egressa do velório de seu marido. Protegida pelos altos muros da mansão, Michele preparava-se para exercer sua esplêndida viuvez. Era jovem, era muito rica, era belíssima: tinha tempo de sobra para fazer as coisas como deviam ser. Enquanto na sua languidez se preparava para isto, fora o meu, nenhum olhar intruso teve acesso à alcova para espiar sua entrega a vagos devaneios e intimidades praticadas como afirmação e desfrute de si mesma. Estes jogos prolongaram-se sem, na essência, deixarem de ser o que sempre haviam sido ao longo dos sete meses que durou o seu matrimônio com o riquíssimo, mas inexpressivo, dono e executivo de uma conhecida empreiteira. O homem era bom de grana e de trabalho, mas ruim de cama. Seu lamentável falecimento deveu-se a uma pneumonia galopante apanhada à saída de um baile à fantasia onde esteve vestido de índio. A pouca roupa e a chuva na hora da saída o aniquilaram.

Os sete meses conjugais não revelaram à Michele a plenitude de seus apetites sexuais. Trouxeram-lhe propriedades e uma polpuda conta bancária que lhe permitiria gozar a vida como mulheres belas merecem viver.

No tempo que durou o casamento, no imenso quarto que ocuparam na mansão doada por um político interessado na empreiteira, onde eu me escondia entre móveis e objetos de arte, o executivo caia vencido quando a fogosidade estava a ponto de saciar o apetite da jovem esposa.

Ela não desistia, acariciava cada centímetro de sua pele nos lugares que julgava serem os mais excitantes, montava-o, sentava-se sobre seu órgão sexual, cavalgando-o. Beijava-o com sofreguidão. Em agradecimento à ternura da esposa, o executivo armava o ataque. Era capaz de tudo com os dedos, com o joelho, com os lábios ansiosos e atrevidos, até com o proeminente nariz se fosse preciso, umedecendo apenas o exterior da admirável flor de carne que Michele lhe oferecia. Apesar dos percalços na cama, Michele limitava-se a desejar o marido. Era lindíssima. Ficou ainda mais bela depois da viuvez.

No tanto que estudei depois desta época, li nem sei onde, que ler um romance é olhar pelo buraco da fechadura. As pessoas leem romances, biografias, confissões e memórias porque querem saber se as outras pessoas são como elas. Querem saber se aquilo de excitante e vergonhoso que sentem é também sentido por outros. Querem olhar pelo buraco da fechadura, e quanto mais olham, mais querem olhar.

Li muitos romances ao longo da vida, mas na época o que eu mais fazia era olhar pelo buraco da fechadura da alcova de Michele. E conto o que vivi para que outros que sentem o que senti não se envergonhem dos prazeres que a vida pode oferecer, mesmo que tais prazeres sejam considerados pecados!

Com o passar do tempo, não só olhava pelo buraco da fechadura os prazeres solitários, mas comecei a entrar no quarto para levar a bandeja com um lanche, uma bebida. Michele começou a me olhar com mais atenção. Uma tarde ela me convidou para um dos seus passeios ao shopping, onde diariamente vestida de negro, exibia para olhos desconhecidos o mistério do seu luto. Mas naquela mesma tarde ela rompeu o ar de tristeza e nos divertimos muito. Voltamos carregadas de sacolas. Eu sequer sonhara com roupas tão luxuosas que ela comprou para ela e para mim. No quarto dela, rindo da alegria deste dia, experimentamos as novas roupas, desfilamos, nos maquiamos e terminamos o dia na sala, bebendo champanhe em taças de cristal.

Não demorou muito e pretendentes começaram a aparecer. Rodrigo foi com quem ela aceitou ir a uma boate. Na dança, Michele tomou consciência dos atributos férreos do, até esse instante, insípido par. Rimos muito enquanto ela me contava que conforme a cada passo de dança as qualidades do pretendente foram aparecendo e aumentando. Michele concluiu: "É o que toda minha vida sonhei".

Deixando-se conduzir na próxima dança, boquiaberta de

admiração como diante de um monumento, cobiçosa como frente a uma obra de arte, Michele concluiu: "Quero-o para mim". Dias depois Rodrigo começou a frequentar a mansão, e eu o conheci.

Michele saiu de sua solidão. Aceitava que ele trouxesse amigos, ela também convidava amigas e todos festejavam alguma coisa, bebendo, comendo, rindo. Não demorou para que ele subisse as escadas da mansão.

A convivência com Michele, seu leito, seus lençóis de seda rosada, sua maneira de falar sobre Rodrigo, criavam em mim um clima de luxúria e sofreguidão. De noite, sozinha no meu quarto, eu sentia momentos em que sexo pulsava por todo o meu ser. Chegava a sentir medo. Era uma sensação avassaladora de absoluta sexualidade, um momento em que a sacanagem tomava conta de tudo. Eu me sentia fêmea, devassa, puta. Queria fazer tudo! Foi o que me aconteceu ao ver Rodrigo se preparar para o quarto de Michele. Ao perceber o desenrolar da noite, antes que subissem ao quarto, eu subi e entrei no closet. Envolta nas roupas de seda penduradas nos cabides, assisti a cada detalhe das preliminares, dos beijos, das lambidas e da trepada.

Ao ver Rodrigo abrindo as pernas de Michele e enfiar-se com maestria dentro dela, lembrei-me da minha infância na roça, quando assistia a animais copulando. Naquela hora, a lembrança que me veio, foi a dos jegues trepando. Via o jegue com aquele vergalho imenso em riste montar a fêmea, morder sua nuca, ele fechando os olhos em êxtase. Ela mexendo o queixo, dando uns coicezinhos nele e babando.

A visão de Michele e Rodrigo numa trepada fabulosa sobre lençóis de seda, mais a lembrança do casal de jegues trouxe-me a sensação avassaladora de absoluta sexualidade, fez com que eu buscasse minhas profundidades e me masturbasse.

Quando o orgasmo estava chegando, sem que eu percebesse, Michele havia se desvencilhado de Rodrigo e entrado no closet. Ao me ver naquele desespero de buscar o gozo, me abraçou. Ela estava nua e o bico dos seus seios raspava no meu peito. No aperto do abraço, gozei de forma torrencial.

Ainda tremendo e com alguns espasmos do gozo, alisei os peitos dela, que tirou minhas mãos, mas daquele jeito safado de quem não quer que a gente tire.

Ela se afastou e fiquei vendo aquele corpo escultural com peitos inenarráveis, com os bicos empinados para o céu, coxas firmes. Ela vestiu o penhoar de seda finíssima e transparente, e eu olhando, ensandecida de tesão, pronta para gozar mais. Mas ela segurou meus ombros e disse: "Vá dormir, sonhe com os anjos".

Saímos do closet. Rodrigo ressonava. Não sei se era um homem belo. Relaxado sobre a cama, seu perfil de linhas retas sobressaia-se na seda rosada dos lençóis.

Michele foi para o banheiro. Segui para meu quarto e me masturbei até meus braços não terem mais forças. Não sonhei com anjos. Sonhei com Rodrigo, seu vergalho imenso penetrando Michele, deixando-a louca de prazer.

Na noite seguinte, Rodrigo não apareceu. Eu passei pela porta do quarto de Michele que estava aberta e a luz do abajur lá dentro, acesa. Ela estava nua, de bruços, pernas em ângulo, pose clássica, aquela bunda firme, bem-feita, a pele coberta de lanugem dourada, e eu, é claro, olhos arregalados, coração descompassado e aquela sensação de absoluta sexualidade.

Não podia haver a mínima dúvida de que ela estava ali me esperando para transar. Nem parei para pensar. Entrei. Fechei a porta e tirei a roupa antes de dar o primeiro passo. Fui para a cama e deitei ao lado dela que agiu como se estivesse acordando naquele instante.

Enroscando as pernas nas dela, alisando seus peitos, pedi que virasse o rosto para que eu a beijasse. Foi ao enfiar a língua na sua boca que uma química jamais imaginada baixou na alcova de Michele. Meu Deus! Tudo funcionou como se tivéssemos nascido já fazendo aquilo uma com a outra, até os gemidinhos dela compassavam com os meus. Carícias e lambidas que íamos executando cheias de arrepios, levadas pelo instinto e pelo desejo. Nada deu errado, nenhum movimento se frustrou. Ela gozou como uma loba divina uivando, suspirou com aqueles olhos que davam vontade de mergulhar e pediu que nos roçássemos até morrer, e morremos um pouco, tocando nossos corpos, diluídas no meio do Universo.

Depois de já termos gozado com nossos dedos e línguas, ela revirou a gaveta ao lado da cama e tirou de lá alguns consolos. O que estava bom ficou muito melhor; o que provocou a continuação do gozo. Vivemos horas de abraços, esfregadas e gozo, até que as forças nos faltaram e adormecemos.

Sempre me lembrei daquela nossa primeira transa, pensando em Michele como ela era então, jamais como ela foi ficando com os anos ou como agora que a vejo no caixão. Me masturbei e trepei pelo resto da vida evocando aqueles dias, meses; perdi a conta de todo o delírio. Sem o momento, não existiriam nem a antecipação, nem a lembrança; e esta lembrança foi o que eu tive de melhor na vida.

Entramos num delírio tal que passávamos o dia inventando afazeres, comprando roupas excitantes e elaborando na imaginação o que seria nossa noite.

Ela me chupava com classe e um toque de devoção. Respirava fundo, se aconchegava entre minhas coxas, me segurava delicadamente na bunda, respirava fundo outra vez, me cobria de beijos nas virilhas, fechava os olhos e me levava ao céu. Eu gozava torrencialmente. Em seguida, fazia malabarismos para ela e extravasava felicidade vendo-a gozar.

Ela era aveludada, acolhedora, com os cheiros certos, pronta para tudo com uma naturalidade que parecia que a vida sempre havia sido assim.

O delírio seguiu até a próxima visita de Rodrigo. Os dois foram para a cama. Eu me coloquei no closet. O clima foi esquentando. Num determinado momento, não aguentei. Tirei a roupa e me juntei a eles. Nos transformamos num novelo. As carícias se tornaram mais e mais ousadas, nossas línguas esgaravatando profundezas do corpo, talvez até da alma. Rodrigo acabou comendo nós duas com muita volúpia e muita classe, uma de cada vez. Assistir ele penetrando Michele, ela de olhos fechados, com os peitos apontados para a céu fez com que eu me masturbasse e gozasse antes de me entregar a ele, que soube prolongar o gozo. Ficou de quatro sobre mim, apoiado nos cotovelos e joelhos, deixando que seu pau ereto roçasse minha vulva até que com as entranhas tremendo eu implorei que me comesse. Ele se enfiou dentro de mim com estocadas lentas que foram aumentando de intensidade até gritarmos juntos de prazer.

Rodrigo passou a frequentar a mansão todas as noites.

Éramos três. Às vezes um parente de Michele, um amigo transitório chegava à mansão e nos transformávamos em quatro, em cinco, em seis. Nós três nos olhávamos entre os outros que ali estavam, esperando a nossa hora, bebendo vinhos encorpados, beliscando castanhas sem a unção da fome, com o pensamento repetindo: logo que se forem será a nossa hora. Os convidados se despediam, e regressávamos à nossa trindade. Empregávamos a efusão incontrolável da nossa curiosidade, da nossa volúpia por orgasmos mais e mais alucinados. Comprávamos cremes e fantasias excitantes, consolos extravagantes. Quando tudo isto já não bastava, a fim de incrementar nossa trindade, Michele começou a convidar amigos e a criar um prazer nos convidados que se estendia a nós. Eu e minha mãe passávamos o dia preparando a mesa da noite.

A toalha branca de linho era coberta com abundância, um escândalo de cores. Frutas arranjadas no centro da mesa. Havia desde maçãs e cerejas que pareciam prestes a estourar de tão vermelhas, a bananas e kiwis que esbanjavam seus amarelos e verdes. Por toda a mesa cachos de uva rosadas se interpunham a carnes acomodadas em bandejas, circundadas por ameixas pretas e damascos alaranjados. As alfaces crespas possuíam um verde líquido. Tudo remetia a prazeres exuberantes. E foi o que passamos a usar como preliminares. Nos fartávamos de boas comidas e bons vinhos. Quando os convidados se retiravam, eu ia buscar na cozinha um prato de pequenos quindins lisos e perfeitos. Levávamos à boca sóis de gemas, coco e açúcar. Um comendo da boca do outro era o começo da nossa noite.

Nossos dias e semanas se limitavam a este continuado exercício de excitar os prazeres. Pouco falávamos da nossa vida privada. Nossa intimidade excluía depoimentos e confidências. Nos esbaldávamos em puro prazer. Até que um dia, sem nenhum gesto preparatório, tudo mudou.

Do nada, Michele saiu do quarto pela manhã, vestida num terninho preto e informou que iria transformar Rodrigo em marido e iria viver com ele em Londres. Havia contratado uma pessoa para despedir os empregados da casa, inclusive minha mãe, vender a casa e tudo o que ela continha e depositar o dinheiro em sua nova conta bancária em Londres. Com uma mala pequena, sem me lançar um único olhar de caridade, ela saiu de casa e viajou naquele dia. Rodrigo a acompanhou.

Não sei em que brechas ela acomodou tudo. Não deu tempo para que eu conseguisse fazer mais do que cair na cama de nossos prazeres e chorar até o mundo se acabar. Quando pude me movimentar, comprei veneno de rato. Só pensava em me matar. Minha mãe me salvou. Jogou fora o veneno antes que eu o provasse e me levou com ela para seu próximo emprego. Lá me obrigou a trabalhar. E me matriculou numa escola à noite. Eu mantinha o dia todo preenchido para não me transformar numa carpideira balançando a cabeça e chorando.

Senti que minha juventude havia terminado com aquela separação, mas a vida se impunha à minha frente. Ajudei minha mãe no trabalho e estudei até me formar advogada. Trepei com todos os colegas de classe e de toda a escola e de todos os escritórios em que trabalhei, sempre idealizando Michele e Rodrigo na hora do gozo. Jamais os vi, jamais soube deles.

Os fatos, no entanto, não se detêm neste limbo de ausência e esquecimento. Anos depois, um encontro casual no Aeroporto de Cumbica, em São Paulo, havia de pôr-me na pista de Rodrigo e Michele.

Na sala de embarque para uma viagem ao sul do país, reconheci um dos amigos de Rodrigo que frequentava a mansão e esbaldava-se nos prazeres da nossa mesa. Com a ousadia que a vida me ensinou, me aproximei e falei sobre Rodrigo, Michele e as mesas fartas da mansão. Ele sorriu com a boa lembrança e me convidou para um café. Seguimos até a lanchonete, pedimos dois cafés.

Ao perguntar-lhe de Rodrigo, ele se surpreendeu. Não soubera da sua morte? Há sete anos ou mais. Indaguei-lhe sobre Michele. Ela continuava a viver em Londres, embora fosse difícil encontrá-la. Viajava muito.

De que morreu Rodrigo?

Sobrancelhas levantadas, um ar de mistério e indecisão: contar ou não contar?, era visível na expressão do homem.

Ele morreu de uma maneira trágica: suicidou-se dentro de uma igreja nos arredores de Londres. Sofria de depressão, trabalhava pouco, bebia muito. Tinha desgosto por não terem filhos. Matou-se com um tiro na cabeça, ao lado da pia batismal.

Por um momento duvidei que falássemos da mesma pessoa. Do Rodrigo gostoso, do pau grande, que me comia com gosto, esquadrinhando cada pedaço da minha pele, com a respiração morna que me causava arrepios, demorando a boca e a língua onde eu desejava, onde eu ia cada vez querendo mais. O homem que comia Michele. Que se emaranhava na cama conosco. Que me deixava louca de prazer.

Percebendo minha confusão, o homem pediu desculpas por falar sobre a tragédia tão sem escrúpulos.

Quando Rodrigo morreu, Michele adotou uma menina, que tem por sinal o seu nome, ele falou na tentativa de amenizar a notícia.

Eu estremeci. Ele continuou.

Estive várias vezes com eles em Londres. Rodrigo era um fraco, incapaz de enfrentar as vicissitudes por que passam todos os casamentos. Além disso, egoísta e prepotente, maltratava Michele.

A garçonete entregou nossos cafés e eu dei um gole. Gostei de sentir a língua queimar. Não caberia estender-me em vãs considerações. Havíamos convivido pouco mais de um ano de prazeres alucinantes. Jamais poderia ver Rodrigo como um marido prepotente ou agressivo.

O homem continuou a falar sobre outras amenidades enquanto eu pensava que não podemos ignorar na vida uma rede bem urdida, as malhas todas dependentes umas das outras, em cadeia longa, interminável. E nelas se incluem extravagantes mutações da alma.

Com o segundo gole do café a queimar-me mais um pouco a língua, pensei que aquele encontro me levava à comprovação de que o passado pode, de golpe, inserir-se no presente. E a morte, a exemplo da vida, também nos liga para sempre.

Naquele momento, com a lembrança de Rodrigo na cama e sua respiração que me levantava arrepios, com a língua esgaravatando o mais profundo do meu ser, pela primeira vez senti que estive apaixonada, apaixonada por ele. Era para ele que eu arrumava mesas deslumbrantes, eram para ele os quindins açucarados de gemas e coco, sóis que mastigávamos para ludibriar a paixão. Michele deve ter percebido e o pegou para ela. Tornou-se sua dona. Ela detinha poderes e grana para isto.

Naquele momento, o sentimento de perda definitiva do amante se confundiu com o sentimento de ausência a que, tanto a distância quanto os longos anos de silêncio, me haviam acostumado.

Chamaram meu voo. Eu me despedi do homem abrindo um sorriso para disfarçar as lágrimas. Entreguei-lhe meu cartão e pedi que me enviasse o endereço de Michele. Pretendia escrever-lhe. Devia-lhe este gesto de carinho.

Segui para a fila do embarque com os olhos muito abertos. Pensei que uma pessoa deveria fazer apenas aquilo que entendesse. Mas a vida nos impulsionava por mundos desconhecidos.

Mal entendi o episódio do encontro que havia me trazido a revelação da paixão por Rodrigo e, dias depois, o mesmo homem me enviou uma mensagem informando sobre a morte de Michele. Não consegui revê-la com vida.

Quando o dia amanheceu, uns poucos amigos e parentes chegaram ao velório. Entre eles havia uma menina de uns oito anos. Com certeza a criança adotada por Michele. Nenhum traço do pai. Nenhum traço da mãe. Somente o meu nome.

Vera Carvalho Assumpção
é a criadora do
detetive Alyrio Cobra.
Participou da BAN
Buenos Aires Negra,
coordenou a mesa
Detetives de ficção:
ontem e hoje, no
Porto Alegre Noir,
participou da Quinta
Noir, na FLIPOÇOS,
venceu o Prêmio
Bunlyo de Literatura,
participou de,
A Narrativa Policial
e as Cidades do Crime,
na Academia Mineira
de Letras e em 2020
foi vencedora do
Concurso Ecos da
Literatura.

veracarvalhoassumpcao.com.br

VERA CARVALHO ASSUMPÇÃO

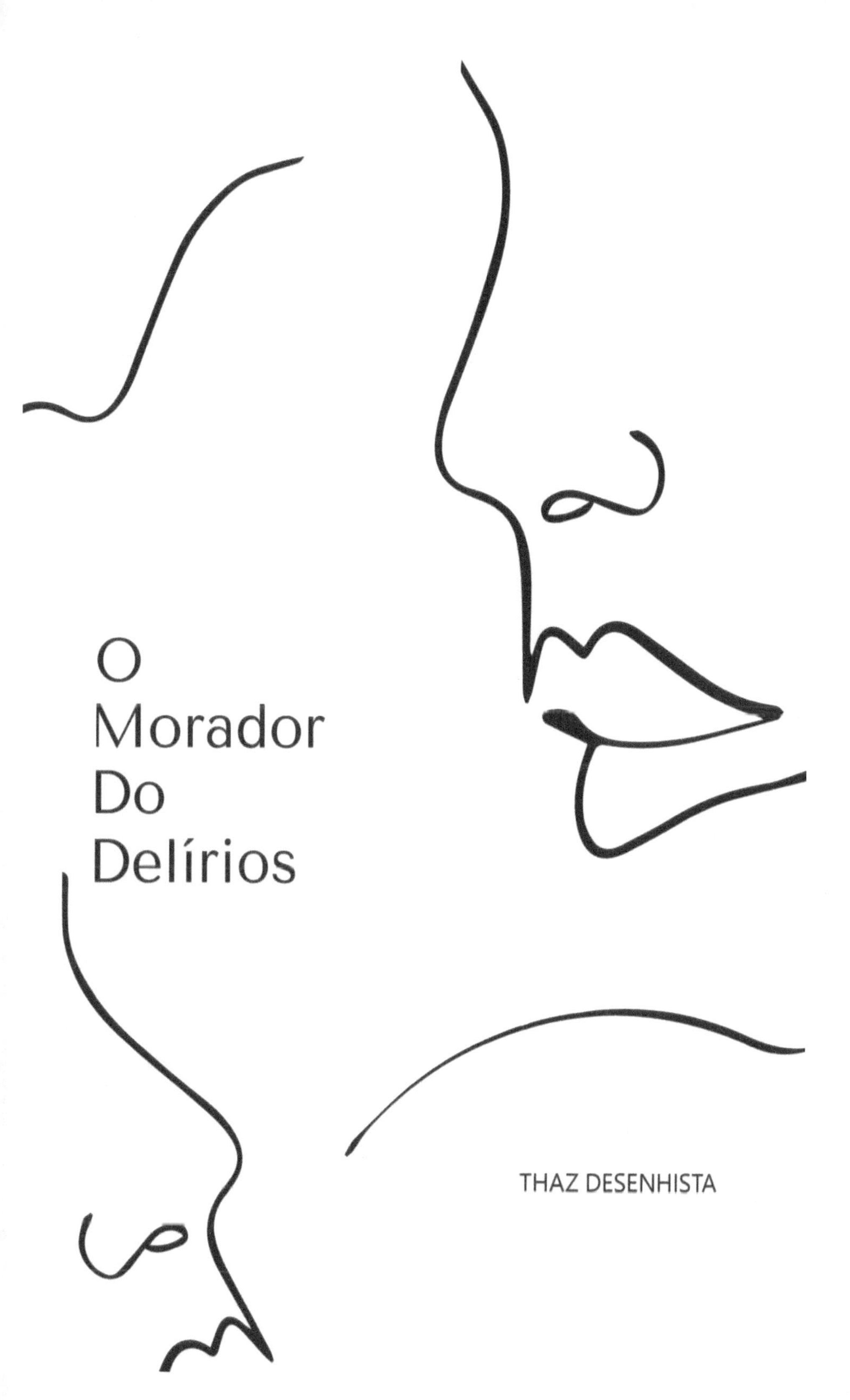

O
Morador
Do
Delírios
THAZ DESENHISTA

O rapaz apenas olha a chuva cair de frente para a janela do quarto com luz avermelhada. .Na cama próxima a si, outro rapaz e uma moça estão deitados, nus e, pelo visto, esgotados. Ao olhá-los um sorriso de canto surge em seus grossos lábios.

Ele caminha até o criado-mudo, pega o maço de cigarros e o isqueiro, e ao voltar à janela, para em frente ao enorme espelho. Num momento de luxúria começa a admirar seu corpo nu. Ele se considera um homem bonito. Não muito magro, mas bem definido e com uma linda cor de pele morena jambo. Os cabelos têm *dreadlocks* medianos e contas prateadas nas pontas. Os olhos são escuros e profundos, e os lábios, grossos como seu membro.

E falando no que deixou o casal acabado, ele começa a olhar fixo para seu membro, e o sorriso que já está lá apenas aumenta. Ele o segura assim, já fazendo movimentos ritmados, subindo e descendo, com calma no começo, mas tomando cada vez mais velocidade conforme ele vai endurecendo em sua mão. O rapaz caminha em direção à sacada do quarto ainda o empunhando.

O ar frio da chuva passeia sobre seu corpo. Enquanto uma mão o masturba, a outra acende um cigarro. Ele traga, sentindo cada vez mais seu gozo chegar. O sorriso mais uma vez brota em seus lábios, e assim em uma bela e forte espirrada, o líquido branco jorra longe, caindo lá embaixo.

O moreno volta ao quarto assim que termina seu cigarro. O casal ainda dorme sobre os lençóis de seda. O moreno apenas pega suas roupas e as veste: um jeans azul claro surrado e uma camiseta preta do 50 Cent. Ele vai à sala, pega seus pertences em cima da mesa de jantar, principalmente o maço de dinheiro que tem um bilhetinho preso e que ele lê somente quando sai do apartamento e adentra o elevador: *"Obrigado. A noite foi maravilhosa como sempre. Adoro quando você fode a mim e à minha esposa. Até o mês que vem"*.

Novamente o sorriso volta a brotar no canto dos lábios do moreno, fazendo-o guardar o bilhete em seu bolso. Já saindo do prédio, a primeira coisa que faz é acender o cigarro novamente. Vai embora tragando.

Ao chegar onde mora respira muitíssimo fundo. O lugar com luzes neon azul sobre o letreiro tem paredes pintadas de vermelho carmim e preto. Ele cumprimenta a mocinha que fica na portaria do Motel Delírios. Ela imediatamente abre um sorriso enorme quando o vê, cumprimentando-o de volta. Ele passa a chave na porta metálica e entra. Caminha em direção ao prédio com os vários quartos que há por lá, alguns ainda com luzes acesas, mas vai até uma pequena casinha que tem dentro do terreno, mais ao fundo. Há apenas um pequeno portão de ferro que separa tudo. Ele não hesita em entrar na casinha, um lugar aconchegante, com uma cama de solteiro desarrumada, uma pequena cozinha e um banheiro com chuveiro.

Ele olha no relógio do despertador ao lado da cama: são 04h37. Ele toma um banho, logo seu expediente começa. Ele se arruma rapidamente, pois tem muitos quartos para serem limpos ainda. O sapatão de couro, a calça e a camiseta que veste estão surrados e velhos, além de cheios de manchas de produtos de limpeza. Apesar das vestes, ele passa um delicioso perfume, pega um aparelhinho MP3, seus fones e um chiclete. Às 05h já está na ativa.

Ele começa a entrar nos quartos já vagos e, junto com outro rapaz, começa a limpá-los. Eles encontram de tudo: peças íntimas deixadas para trás, camisinhas usadas e umas até na embalagem ainda, documentos. Quando dão sorte acham celulares e até dinheiro.

O rapaz de pele morena ouve a música no MP3 enquanto lava o banheiro de um dos quartos. No relógio de pulso já são 09h24. Quando está prestes a sair do banheiro, o outro rapaz para na porta com um sorrisinho safado, de canto de lábio, o que o faz sorrir também.

O outro entra já lhe tirando a camiseta do serviço e os fones e, sem hesitar, mergulha seus lábios nos do moreno. O garoto que lhe beija possui lábios finos e rosados, cabelos curtos e louros, corpo bem esguio e olhos de um incrível azul que o deixam louco.

Ao desprenderem labiosas bocas um do outro, o loirinho sorri, já abrindo a braguilha da calça do moreno. Retirando o pênis para fora, já ereto em suas mãos, o moreno também sorri, e assim o louro simplesmente se ajoelha à sua frente, chupando-o com vontade, arrancando do moreno deliciosos gemidos e arfadas. O louro só espera ele gozar garganta adentro para se desprender, e assim já sobe voltando aos lábios do moreno, mas sem ficar lá por muito tempo. O rapaz de orbes castanhos começa a desabotoar a calça do loiro, que já entende o que ele quer; e quando o moreno deixa as calças do outro cair e se vira de costas, o loirinho volta a sorrir e pega um pouco da vaselina que tinha ali, passando em si, e já encaçapando o moreno.

Ele mete com tanta força e velocidade, batendo os quadris nas nádegas do moreno, sem dó ou piedade alguma, jorrando o que tinha dentro dele, que ainda um pouco abaixado, pede ofegante, para o outro se retirar.

O rapaz de madeixas douradas levanta suas vestes, volta ao quarto, pega as coisas de limpeza e continua seu trabalho. O moreno ainda se recompõe dentro do box do chuveiro, sem demorar muito. Então também sobe suas vestes e volta ao trabalho.

Quando termina e bate o cartão de ponto do serviço, ele volta à sua casinha, toma um banho e se deita na cama para poder enfim dormir.

O moreno tem o hábito de dormir nu, pois a casinha não

tem boa circulação de ar; mas a janelinha que tem na cozinha ele mantém fechada, já que não quer ouvir o barulho dos carros entrando e saindo do motel na avenida que tem ao lado.

As horas passam, e quando ele acorda vê pela janelinha que está escuro lá fora. Ele se levanta e vai fazer um pão com frios. Usando um avental, o moreno pega um suco de uva na geladeira. Quando senta na cama para comer, vê o calendário e percebe que é seu aniversario.

O primeiro pensamento que lhe vem à mente é ligar para seu pai, já que sua mãe nem nesse mundo está mais. Ele pega o celular e fica por uns instantes olhando o numero na tela.

— Alô? Pai?

— Por que você esta me ligando? Já disse que não tenho filho como você.

— Hoje é meu aniversario, pai.

— Algum milagre vai acontecer hoje? Você vai mudar?

— Pai...

— Não me liga se você não mudar.

O senhor ao telefone nem espera ele responder: simplesmente desliga o telefone na sua cara. O mocinho olha o aparelho móvel novamente, mas desta vez deixa uma gota grossa cair de seus olhos na tela iluminada. Após um tempinho ele decide fumar um cigarro. No relógio já são 23h45.

Do portão da pequena casinha ele olha alguns carros

entrando no motel, quando nota a menina da portaria se aproximar com um semblante que não consegue reconhecer. Ao chegar perto ela conta que acaba de ser mandada embora do emprego; e ele, já estando com vontade de chutar o balde, chama-a para uma das suítes vagas. E não é qualquer suíte, mas sim uma das mais caras que tem no motel, com uma ENORME cama redonda, espelho literalmente por todo o teto, e uma claraboia que permite ver as estrelas. O quarto todo tem tons de vermelho, branco e dourado, e somente pelo jeito que eles entram naquele quarto, a coisa promete ser bem quente.

Ele tem muita habilidade com as mãos, além de beijar muito gostoso também. Ele não se nega a chupar o íntimo dela, fazendo as pernas dela tremerem de tantos orgasmos; nem a fodê-la tanto, que seu íntimo chega a assar. Lógico que ele também não perdoa a parte de trás. Os dois transam em vários cantos do quarto e em muitas posições, mas eles não demoram muito ali, e quando o relógio no celular dela marca 04h51, ela já está terminando de se arrumar para ir embora. Deitado na cama ele apenas a observa sair. E quando tem o quarto somente para ele, faz o que estava planejando o restante da noite: enche a hidromassagem, coloca vários sais de banho, se ajeita lá dentro, pega uma folha de papel e uma caneta e começa a escrever apoiado na beira da banheira. Quando termina, coloca tudo de lado e, sem expressão facial, ele apenas corta os pulsos.

Quando o expediente do pessoal da limpeza começa, o mesmo rapaz que o havia fodido no dia anterior acha a hidro com águas vermelhas e o rapaz de pele morena dentro dela, já sem vida alguma. Ao seu lado o bilhete: "*Oi, Meu nome é Eder, e tenho 23 anos. Sou do Rio de Janeiro RJ, e estou em SP a 5 anos. Espero que quem achar isso, saiba que eu a muito tempo venho levando a minha vida da maneira mais louca e prazerosa possível. Quem me olhava, achava que eu estava feliz com a vida que eu tinha, com as mulheres, e muitas das vezes com a grana fácil, mas a depressão é o ultimo estagio da dor, e eu já estava sofrendo a muito tempo. E dessa vida não vou levar e muito menos deixar nada, era um sonho ter um filho ou filha, mas infelizmente não consegui nem isso, pois tinha ainda esperanças de achar o AMOR. Sinto tanta saudades da minha mãe, que Deus a tenha. E apesar do meu pai me odiar, eu não deixei de amar ele, bom..., ate uma próxima vida, se eu der sorte. Adeus*"

Thaz Desenhista
é mãe, artista,
escritora e
organizadora
de eventos.
Junto com os
primeiros
desenhos vieram
os primeiros
textos, pois queria
dar um significado
a eles. Publicou
A História
do Caderno e
O Baile - Conto:
Chocolate e
Café. Segue
querendo
dar significado
à sua arte.

IG: @thazdesenhista

THAZ DESENHISTA

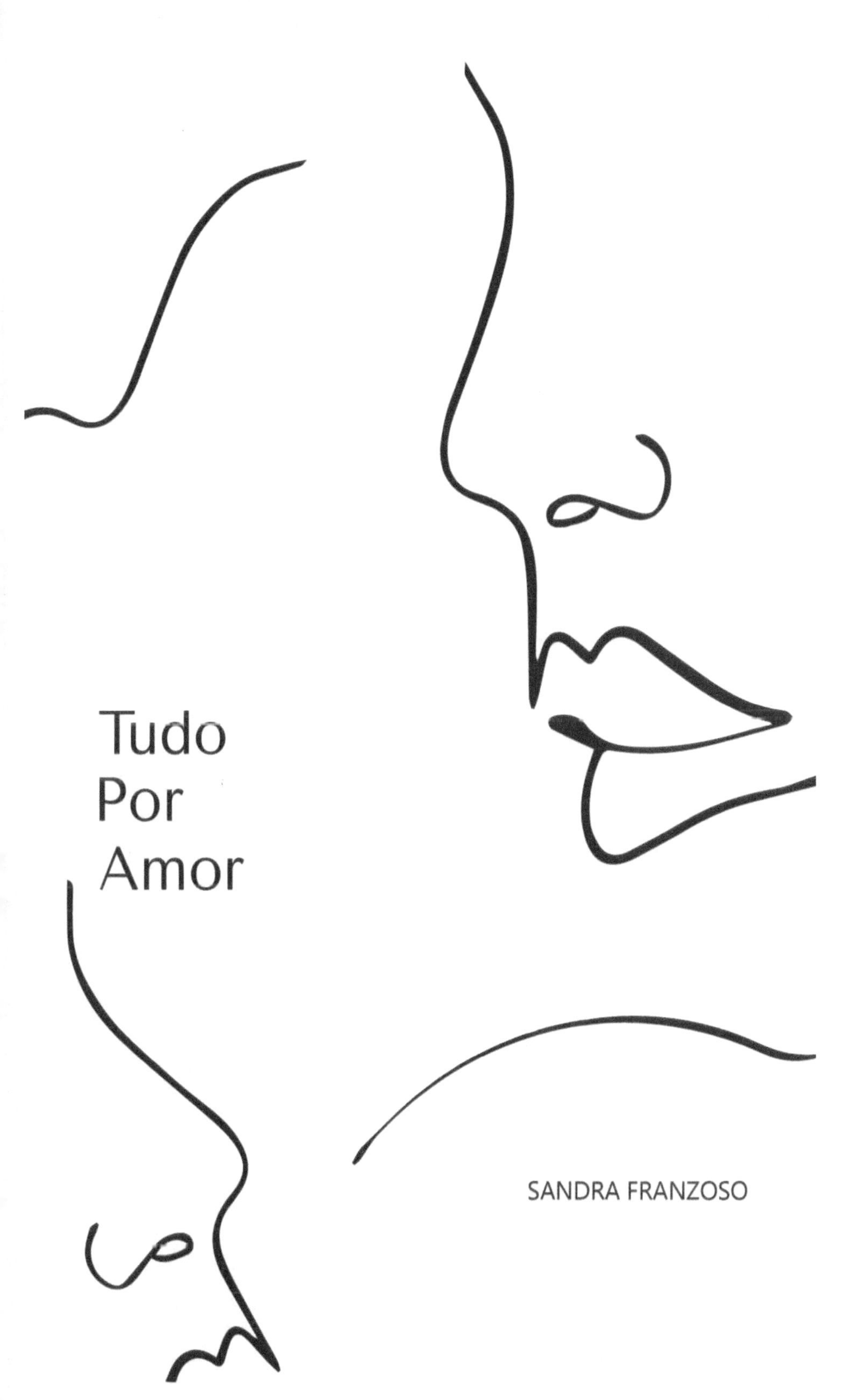

Tudo
Por
Amor
SANDRA FRANZOSO

Existem pessoas que tomam atitudes extremas. Até onde um ser humano é capaz de chegar para conseguir o que deseja? Há quem não respeite regras, não tenha limites e nem meça esforços para isso. Vale tudo por amor? Até mesmo cometer um crime? Ou vender a alma ao diabo?

Flora acreditava que sim...

Flora era uma moça muito bonita e impulsiva. Seus cabelos eram negros, pareciam uma cascata a cair pelos ombros. Os olhos eram de um azul intenso. Alta, corpo esguio e muito elegante, ela possuía um sorriso expressivo que chamava a atenção das pessoas. Nunca passava sem ser notada. Dona de uma personalidade forte sabia bem o que queria. Não era o tipo de mulher que desistia facilmente de seus desejos. Apaixonada por Natanael, um rapaz alto e másculo, de costas largas e barba bem feita, de olhar penetrante e dentes incrivelmente brancos, ela não pensava em mais nada ou mais ninguém. Tudo o que ela queria era estar junto dele, e buscava uma maneira de conquistá-lo. Sabia que seria uma missão praticamente impossível; todavia daria um jeito. Muitos homens a cobiçavam, mas somente Natanael lhe interessava. Por ele, Flora iria até o inferno, venderia a alma ao diabo, seria capaz de qualquer coisa: matar ou morrer...

Os dois jovens cresceram na mesma casa, passaram a infância juntos, tinham um laço forte que os unia. E a audaciosa Flora morria de ciúme das amigas e namoradas de Natanael. Teimosa como era, sempre dava um jeito de sabotar as relações do rapaz. Chegou a jurar para si mesma que se ele não fosse seu, não seria de mais ninguém; e sofria com o desinteresse do moço. Questionava a razão de ele ignorar sua beleza.

Flora já não dormia, não comia, não estudava. Passava o dia e a noite arquitetando planos para atingir seu objetivo. Natanael a tratava com carinho, com ternura, embora nunca a olhasse com olhos de desejo, de paixão Ele nunca a desejaria como um homem deseja uma mulher e ela sabia disso. O belo moço vivia rodeado de mulheres encantadoras.

— Piranhas! — pensava Flora.

Num determinado momento de insanidade, Flora teve uma ideia e seria tudo ou nada. Lembrou-se de que, quando criança, ouvira falar a respeito da existência de um demônio da sedução, do pecado, da luxúria... Seu nome era Asmodeus. Ela pesquisou a respeito, conversou com pessoas, leu vários livros, percebeu que muita coisa

174

não era dita a respeito desse demônio, mas descobriu o que precisava saber: tudo o que os livros e sites não revelavam.

Parecia ridículo, mas fora instruída a clamar por seu nome num cemitério qualquer dentro de um círculo formado por velas acesas e vestida de vermelho, a cor da paixão. Deveria estar descalça, com duas taças e um bom champanhe para ele então aparecer. Na verdade, não seria tão simples, pois ela precisaria cortar-se, tirar o próprio sangue e beber juntamente com o champanhe. A outra taça seria ofertada ao demônio. Era necessário repetir uma frase que, após um esforço imenso, ela lembrou e usou no momento oportuno. Asmodeus era considerado um dos senhores do inferno e a determinada Flora recorreria a ele.

Naquela mesma tarde Flora se dirigiu a uma casa de vinhos importados para comprar a bebida, escolhendo uma de origem francesa. De lá seguiu para o shopping mais próximo e comprou um vestido vermelho decotado e bem sexy. Na volta passou num mercado localizado na esquina de sua casa para comprar as velas. Já sabia em qual cemitério iria: o da Quarta Parada, mais próximo de sua casa.

Estava tudo preparado, o tempo parecia bom. Nem vento tinha. Seria perfeito! Pensou na hipótese do portão estar fechado, mas daria um jeito. Ninguém a impediria de fazer o que planejava; ela seria capaz de qualquer coisa para estar lá no cemitério naquela noite.

Algumas horas depois, a noite chegou trazendo à Flora certa ansiedade que ela controlava bem. O demônio da luxúria tinha que ser clamado exatamente às 3h15 da madrugada e, nessa hora, a decidida garota encontrava-se dentro do círculo de velas acesas, usando seu belo vestido e com duas taças de champanhe, uma para ela e a outra para ele. Olhou no relógio, e quando o ponteiro marcou a hora exata, ela começou a gritar:

— Asmodeus, demônio da sedução, da luxúria, do amor e do prazer, venha me servir. Atenda meu pedido e sua escrava serei, ofertando-lhe a minha vida!

Após repetir essas palavras três vezes, surgiu diante dela uma figura interessante: o demônio não era assustador, e sim, muito atraente — embora ainda fosse um ser das trevas. Ele apareceu na pele de um homem de cabelos negros e olhos vermelhos, cor de sangue. Era enorme, forte e possuía um ar sério. Falou com uma voz tempestuosa:

— Aqui estou para lhe servir e ser servido. A partir de agora terá tudo o que quiser.

— Quero apenas um homem: Natanael!

— Ele será seu. Mas você será minha!

— Que assim seja — respondeu a moça completamente encantada.

Apreensiva, mas com firmeza, Flora segurou a navalha que levara consigo e, devagar, fez um corte profundo em sua mão. Ignorou a dor e derramou um pouco do seu sangue em cada taça de maneira igual; depois enrolou a mão num pedaço de pano que trazia junto a seus pertences. Abriu a champanhe e encheu as taças. Ofereceu a bebida àquela figura diante de seus olhos azuis e sorveu o líquido da outra taça rapidamente. Não notou quanto tempo havia se passado desde que bebera seu próprio sangue juntamente com a bebida; apenas sentiu que estava zonza e caiu dentro do enorme círculo. Quando se deu conta, o demônio da luxúria estava deitado sobre ela.

O sobrenatural acontecia: uma mulher humana e um demônio praticavam sexo cercados por velas acesas. Flora parecia estar entre o real e o imaginário. Nua, sentiu as mãos quentes daquele ser tocarem seus seios arrepiados, como se ela estivesse com frio; depois sentiu que seus mamilos eram sugados devagar, primeiro um e depois o outro. Mãos fortes apertavam seu corpo. O demônio mordia levemente os seus ombros, o pescoço, o queixo e a boca e a moça já se perdia em devaneios e excitação. Ele descia até sua barriga e umbigo; ela estava desesperada para que ele descesse ainda mais. Desejava receber sexo oral, e Asmodeus dizia com o olhar "seu desejo é uma ordem". Flora mal conseguia respirar; sentia que faltava o ar. Só conseguia gemer, gritar e pensar o quanto aquilo era bom. Sentia-se ferver, molhar e abria mais e mais as pernas, entregando-se ao deleite. E a mesma boca que explorava cada centímetro de todo seu corpo, explorava toda sua região genital e a fazia gritar em êxtase. Essa mesma boca também sugava o sangue que jorrava do corte feito pela navalha. A moça foi possuída de modo intenso enquanto sua cabeça rodava. Ele a penetrava com força. Ela nunca sentiu um prazer tão arrebatador, o orgasmo parecia durar horas. Pensou que fosse morrer, que o coração fosse parar...

Na manhã seguinte, ao despertar em sua cama, Flora ainda sentia o hálito quente do demônio. Mal sabia como fora embora. Parecia ainda anestesiada. Teria tudo sido um sonho ou seria real? Sentia a presença dele o tempo todo. De repente ela teve uma grande ideia, provavelmente guiada por aquele ser maligno e charmoso.

Traçou cuidadosamente seu plano no papel antes de colocá-lo em prática. Feliz por saber que dinheiro não seria problema para ela, resolveu contratar dois criminosos para por em ação o seu terrível plano friamente arquitetado. Ela teria de fazer escolhas, sabia o quanto isso magoaria pessoas queridas, mas faria *tudo por amor*. E assim foi.

Os criminosos, após receberem as instruções e parte do pagamento, conseguiram um cadáver com as características de Flora. Para isso precisaram matar uma garota que saía sozinha de uma faculdade de maneira distraída. Implantaram o corpo na casa da mandante do crime quando todos que moravam lá haviam saído. Tiveram a cautela necessária para não serem vistos e, em seguida, atearam fogo no local, provocando um incêndio.

Os familiares e os poucos amigos choraram a morte de Flora, inclusive Natanael. Afinal ambos sempre se deram bem e ele queria o melhor para ela. Realmente ficou sentido e lamentou essa perda. O sepultamento foi comovente. O local estava lotado de gente, não propriamente amigos dela, pois nunca fora uma pessoa muito cativante. Os amigos dos familiares e os vizinhos compareceram em grande peso. E Flora desapareceu.

Quase dois anos se passaram desde quando Flora fora dada como morta. Mesmo ausente, ela nunca deixou de observar, de longe, o que acontecia na vida de seu alvo. Sabia de cada passo e continuou a sabotar os relacionamentos do rapaz — mesmo à distância. Ela já não parecia mais a mesma pessoa fisicamente. Tornara-se loira, havia feito algumas intervenções cirúrgicas para mudar seus traços, pelo menos o suficiente para disfarçar, já que a medicina só prometia mudanças extraordinárias nos filmes. Os lábios ficaram mais carnudos, o nariz, arrebitado, e entre outras características acrescentadas, havia a mudança nos olhos: eles ficaram levemente mais puxados.

Realizou uma lipoaspiração, implantou silicone nos seios e retirou duas costelas para afinar a cintura, o que dava a impressão de um quadril maior. Mudou o visual, o estilo das roupas, mas sem perder a elegância. Tornou-se ainda mais bela, charmosa, uma mulher de parar o trânsito. Passou a adotar a identidade de Natália. Sempre gostara desse nome. Se tivesse uma filha a chamaria assim; no entanto, nunca poderia ser mãe.

Quase todas as noites Flora sentia-se tocada e entregava-se às sensações prazerosas do sexo. O fato é que não havia ninguém em seu quarto. Passou a ter sonhos estranhos. Quando não estava se sentindo perseguida, correndo para escapar da morte, estava praticando sexo com Asmodeus e, ao acordar, a respiração era ofegante, o coração disparava e ela ficava trêmula como se acabasse de sentir um forte orgasmo. Em alguns momentos sentia-se apaixonada pelo demônio, como se estivesse hipnotizada; por outro lado, às vezes um calafrio lhe percorria o corpo quando pensava no que seria de sua alma, qual a forma com que o demônio se apresentaria quando chegasse esse momento. Teria ele a mesma beleza impactante? Ou ela veria uma figura horrível digna de histórias de terror? Porém, ter Natanael estava acima de tudo.

Durante esses dois anos o que Flora sentia por Natanael não havia mudado. Naquela noite finalmente iria revê-lo. Depois de muito tempo ficaria cara a cara com seu grande amor. Não via a hora de se encontrar com ele, estar em seus braços, sentir o perfume de sua pele e o gosto de seus beijos. Ela sabia quais eram os lugares aonde Natanael costumava ir, e foi assim que no barzinho em que o alvo de sua paixão estaria, ela apareceu usando o mesmo vestido vermelho atraente de quando fez seu pacto com o demônio. Usava também seu melhor perfume.

A entrada da moça no ambiente foi triunfal, pois sua imagem era deslumbrante. Logo todos os homens a olharam, mas ela só queria um: Natanael. Era para ele que ela dançava, e quando o olhar dos dois se encontrou, o rapaz ficou encantado. Não a reconheceu.

Natanael se apresentou e os dois conversaram sobre inúmeros assuntos. A atrevida Flora conhecia os gostos do rapaz, sabia exatamente como seduzi-lo, dizia coisas que ele gostava de ouvir. Ambos riram e flertaram durante a noite inteira, enquanto Natanael permanecia fascinado. Tinha a nítida sensação de já conhecê-la de algum lugar, talvez de outra vida — e não deixava de ser.

A noite acabou num motel. Flora finalmente seria tocada pelo homem de sua vida. Se ele soubesse quantas noites ela sonhou com isso, rolando na cama, perdida em pensamentos... Havia um turbilhão de emoções.

Assim que chegaram ele segurou forte em sua cintura e tirou-lhe a roupa calmamente. Com os dedos começou a tocá-la, masturbando-a ao mesmo tempo em que Flora mexia o quadril lentamente, nada indiferente aos estímulos que recebia. Natanael lhe beijava a orelha, a língua percorria o pescoço até chegar aos seios; ele sugava um enquanto acariciava o outro. E isso por um bom tempo, sem pressa, como se fosse um prêmio recebido, curtindo cada segundo até trocar e sugar o outro. Flora se contorcia e suspirava.

A boca de Natanael percorreu o corpo de Flora até chegar à região do umbigo e ela estremeceu nessa hora. Após as pequenas mordidinhas na barriga, ele desceu mais, levando-a ao delírio. Flora mal podia respirar. Sentiu o orgasmo vindo e sucumbiu àquele momento de sensações fortes e intensas. Seus gemidos eram como música para Natanael e ele caprichava ainda mais enquanto a ouvia, enquanto ela se contorcia toda... Ele lambia, sugava e chupava com vontade, sem parar. Depois foi a vez de Flora proporcionar a ele o mesmo prazer. Natanael, deitado de barriga para cima, virava o rosto de um lado a outro, puxava os cabelos de Flora no momento em que ela brincava com o corpo dele, com o sexo dele. Ela usava as mãos e os lábios e ele não queria mais sair dali daquela cama.

Ficaram ali namorando durante horas. Descansavam um pouco, dormiam, acordavam e recomeçavam o ritual de amor. Ela cavalgava em cima dele, depois trocavam as posições, e tudo o que Natanael queria na cama Flora fazia sem discordar. Enquanto se amavam, os olhos do demônio com quem Flora tinha um pacto apareciam por toda a parte. Era possível vê-los nas paredes, no teto e até mesmo através dos olhos de seu amado; ou ainda, se fechasse os próprios olhos, ela seria capaz de vê-lo ali sorrindo para ela. A sensação era boa, em alguns momentos, assustadora; mas pelo menos Flora tinha Natanael e ele a ela. Ninguém jamais poderia mudar isso. Nem mesmo Asmodeus, a quem ela sabia pertencer de verdade.

Daquela noite em diante, os dois nunca mais se separaram. Flora nunca se arrependeu, a consciência não pesou. Conseguiu o que mais queria na vida, o impossível: Natanael. Se ardesse no inferno por seus pecados, valeria cada segundo ao lado dele. Se pudesse voltar no tempo, faria tudo de novo! Iria às últimas consequências, faria *tudo por amor*. Além disso, vivendo ao lado de seu grande amor, também poderia estar próxima de todos os outros a quem amava, a quem devia a vida, de quem sentia falta...

Asmodeus a acompanhava nesta vida e a acompanharia na

morte. Não havia mais jeito, esse laço jamais seria desfeito. Ele fazia sexo com Flora durante os sonhos da moça e ela vivia dividida entre dois amores: o real com Natanael, e o sobrenatural com Asmodeus. Era possuída pelos dois.

Natanael estava feliz. Nunca tinha sido amado de um modo tão intenso. Viveria para sempre ao lado de sua bela mulher, eles envelheceriam juntos, sem saber que sua amada era, na verdade, a saudosa irmã, sangue do seu sangue: a filha que seus pais acreditavam ter perdido num incêndio horrível.

Sandra Franzoso
é paulistana.
Formada em
Administração
de Empresas,
é corretora de
imóveis e mãe.
Possui contos
publicados
pelas editoras
Literata, Estronho,
Multifoco,
Andross e Follow.
É fã de filmes
e livros de
suspense e
comédia romântica.

franzososand@hotmail.com

SANDRA FRANZOSO

ESSAS ESCRITORAS

O *Projeto Essas Escritoras* nasceu através de um sonho; literalmente: uma autora sonhou que escrevia um livro com outra autora. De sonho inusitado, virou ideia empolgante. E de empolgação em empolgação tem se tornado algo cada vez maior.

Nascemos com o intuito de dar voz, espaço e visibilidade à literatura brasileira feita por mulheres, na frente ou por trás de todos os textos. A cada ano nos reunimos para pensarmos um tema e então abrimos a oportunidade para escritoras conhecidas e estreantes participarem da antologia. Cada novo livro é pensado com carinho, maestria e cuidado para corresponder à missão que nos propomos. Porque para nós a mulher na literatura é coisa séria, mas isso não quer dizer que não nos divertimos.

Nosso primeiro livro é *Saligia, Os Sete Contos,* e te convida a adentrar o universo dos sete pecados capitais. Com textos tão diversos entre si, a literatura prova que a diferença pode ser a maior riqueza que nos une.

Nosso segundo livro se chama *E Se... – A Realidade Não É Bem Como*

Você Imaginou. Partindo de uma realidade alternativa, construímos cenários tão incrivelmente prováveis que não chegam nem perto de serem distópicos. Se você já quis que as coisas tivesem sido diferentes na vida, esse livro é para você.

Contos Eróticos Para Mulheres Adultas é nosso terceiro livro e o mais desafiador até agora. Mexer com o lado lascivo da vida requer mais dedicação e coragem do que parece. Atreva-se.

Atualmente o *Essas Escritoras* ganha novos e mais amplos contornos. E já temos o tema definido para o ano que vem. Para saber mais sobre as autoras participantes, sobre os livros publicados, as entrevistas realizadas e participar das nossas antologias, acompanhe nosso perfil do Instagram: @essasescritoras

E leia também nossos livros em https://amzn.to/3fwghaK

Todos eles estão disponíveis na amazon.com.br, em versões física e e-book.

Vem com a gente. Mais do que somar, somos e estamos para multiplicar.

Beijo grande,

Chris Sevla

e todas as autoras que já pisaram a terra do *Essas Escritoras*.